改变,从阅读开始

[美]泰勒·马里 著
刘怡 译

What Teachers Make

老师如何成就学生

In Praise Of
The Greatest Job
In The World

By Taylor Mali

向世界上最伟大的
职业致敬

山西出版传媒集团　山西人民出版社

献给乔·德安吉洛

你是我的灵感源泉,是我生命里的光。

老师有何用，

这个问题反对无效。

当你无计可施，

你还能去读法学院。

他说，老师的问题在于，

一个认为当老师是人生最好选择的人，能教给孩子什么呢？

他告诉其他宾客，古训对老师的评价是对的：

能者做，不能者教。

我咬住舌头——我应该咬他的舌头——忍住想说的话，

我多想告诉其他宾客，人们对律师的评价也是对的。

毕竟我们正在吃饭，而且这是一场礼貌的对话。

我想问问你，泰勒，你是老师，

说实话，你到底有什么用？

真希望他没那样做——

要我说实话——

因为,你知道,我向来诚实,

说话鲁莽:

既然你想知道答案,我就必须给你答案。

你想知道我有什么用是吗?

我让孩子们比他们想象中更努力。

我让 C+ 感觉像一枚国会荣誉勋章,

A- 仿佛一记耳光,

你怎么敢不做到最好,怎么敢浪费我的时间?

我让孩子们在学习室里保持 40 分钟的绝对安静。

你们不可以讨论。

你们不可以提问。

为什么我不让你去洗手间?

因为你只是无聊。

你其实不想去洗手间,对吗?

我让家长们接到我的电话时吓得发抖:

您好,我是马里老师。希望我没有打扰到您,

我想和您谈谈您的儿子今天说的话。

面对年级里最大的"恶霸",他说:"放开那个小孩。

我有时候还哭呢,你不会吗?这没什么大不了的。"

这是我见过的最高尚、最勇敢的行为。

我让家长们看到自己孩子的本质和潜能。

你想知道我有什么用,对吗?

我让孩子们好奇,

我让他们提问,

我让他们批判。

我让他们真诚地道歉。

我让他们不停地写作，

我让他们阅读。

我让他们拼写

绝对美丽，绝对美丽，

绝对美丽

一遍又一遍，直到他们再也不会拼错任何一个单词。

我让他们写出数学题的所有步骤，

但英文课上要交给我完美的终稿。

我让他们明白，如果你想当老师，

你就去当一名老师，

如果有人质疑你的工作，

你给他们看看这本书。

现在,让我为你细细道来,让你知道我说的是真的:

老师有何用?老师大有作为!

那么你呢?

——泰勒·马里

目 录

前言 / 1

让孩子们努力 / 7

你的孩子是我的学生 / 12

从诗人变成老师（或者从老师变成诗人）/ 20

电话家访 / 26

灵光突现和意外惊喜 / 33

绝对美丽 / 41

注意施教时机 / 45

歌颂"深思熟虑的不确定"/ 51

邂逅天才 / 58

学生变成老师 / 64

我教学生涯中最美好的一天 / 69

电子邮件，伊斯兰教和启蒙（如真主所愿）/ 73

触摸得到的课 / 78

无法衡量之物的价值 / 86

下课之前，任何人不得以任何理由离开教室 / 91

我的错（真诚地道歉）/ 94

MEG：马里的电子成绩册 / 96

老师让技术发挥作用 / 104

思前想后：教室后面的时间轴 / 109

老师得到什么：来自家长的礼物 / 115

狠狠回击对老师的攻击 / 120

最好的老师最后去了哪里？ / 128

师徒制的重要性 / 132

那些影响过我的老师 / 137

寻找一千名老师 / 145

不会再有"迷惘的一代" / 159

后记 / 163

致谢 / 165

诗歌注释 / 167

译后记 / 169

前　言

本书源自一首诗。

1997年,我去参加一场新年派对,一位傲慢的年轻律师羞辱了我和整个教师队伍。老师们工作劳累却得不到应有的尊重,所以他认为,如今选择当老师的人都不够聪明,而让不够聪明的人教书本身就是不应该的。刻薄的格鲁乔·马克思(Groucho Marx)[1]也说过类似的话:任何蠢到想要当老师的人都不应该被允许成为一名老师。对那位律师来说,最根本的问题在于老师收入低,因此聪明人不会选择当老师——聪明人当律师,律师的收入要高得多。那个晚上,我愤怒极了,

---

[1]　美国喜剧演员与电影明星。——译注(以下未注明原注者,均为译注)

我想不出聪明的话来回击，所以我咬住舌头，对他礼貌地笑了笑。但是在第二天，1998年1月1日，我写了一首诗，我多希望前一天晚上我就能如此有力地反击他。诗的题目叫作《老师有何用》。

虽然三年后这首诗才在我的书中发表，但刚写出来我就将它发布在了我的网站上。像许多其他网站一样，这个网站是新的，很多页面上写着"正在建设"或"即将开放"。在这首诗发布后不久，我开始收到很多电子邮件。

《老师有何用》迅速引起共鸣。它为老师辩护，为老师的使命辩护，为我们的愤怒辩护；它告诉所有人——无论是不是老师：评判我们的标准不应当是我们的薪水，而应该是我们的贡献。我后来才知道，它被复制和粘贴，随着电子邮件传播到世界各地。有时没有加上我的名字，朋友们转发时会附上一个表达歉意的声明，说他们"通常不转发东西，但你一定要读这首诗！"

知名人士在演讲和毕业致辞中引用过这首诗。专栏作家写过关于这首诗的文章,引用过诗中的句子。西雅图公共广播电台做了一期关于它的节目。还出现了不少其他版本——有人重新整理我的语言,他们认为我写这首诗的时候满怀怒气,我的愤怒肯定影响了我的措辞;还有人依葫芦画瓢,将老师改成其他职业。最终,有人在YouTube上发布了一段我现场朗诵这首诗的视频,从那时候起,它开始真正风靡。数百万人读过或听过这首诗。我似乎很幸运,我说出了很多人想说但未能说出来的话。

《老师有何用》从两个方面改变了我的生活。它对我的影响远大于对其他人的影响。首先,它改变了我的工作。我写这首诗时,还在普通学校教书,但两年后,我决定"暂时搁置"我的教学生涯——放弃我的正式工作,像他们说的那样,看看能不能靠当"游吟诗人"和为教师发声维持生计。我去世界各地教诗,和老师们讨论如何教诗,顺便告诉他们为什么他们选择的道路是崇高的、有价值的、至关重要的和有意义的,即使有人会用略带嘲讽的语气对他们的薪水品头论足。我在追随我的梦想。

《老师有何用》以另一种更为明显的方式改变了我的生活。有人因为读到或听到这首诗而选择当老师。开始有大学生发邮件给我,告诉我在我的影响下——即使不是决定性的影响,他们将专业改为了教育。这让我觉得我正在改变他人的生活。在听到数十人告诉我,他们因为读了这首诗决定从事教育事业以后,我给自己定了一个目标:仅仅凭借我对这份职业的热情,说服一千个人当老师。我将其称为"新教师计划"。突然间,我的生活有了一个新的使命,这也让我多了一个每天早上坚持写作的理由。这对我产生了深远的影响。我写作不再只为了给他人带来快乐和教益,我开始努力改变世界,通过改变一个又一个老师来改变世界。

　　当然，从更宏大的视角来看，即使我最终实现了"说服一千个人当老师"的目标，我对美国教育的影响仍然微乎其微。不同学校获得的财政投入严重不平等，老师们经常受到抨击，说他们懒惰和不称职。这些都是单靠诗歌无法解决的问题。有时候我会想，我其实让情况变得更糟了！有时，当我在战斗中筋疲力尽时，我会想，作为一个倡导者，我实际上在平息老师们的怒气，我在让他们接受现实，不是吗？但我又总想到，老师是世界上最伟大的职业之一，我们要做的，只是简单地提醒那些选择走这条崇高道路的人，在他们身后有万千心存感激的学生在支持他们。在这个世界上，需要有一个人告诉老师们，他们深受爱戴。我就是那个人。

教育的整体目标是……培养心智。心智应该是起作用的东西。

——舍伍德·安德森(1876—1941)
美国小说家和短篇小说作家

让孩子们努力

每当有人问我,老师有何用,我总是会回答他们:老师"让孩子们比他们想象中更努力"。老师能够做的最重要的事情,是让学生自己专注和努力。有的老师通过温柔的诱导和鼓励来达到目的,有的则利用恐惧和威吓。我认为这两种策略都是表达爱的方式。简单地说,最好的老师呕心沥血、鞠躬尽瘁——你只是不想被学生看低。你想要并需要他们的认可。

我喜欢和学生讲亨利·基辛格(Henry Kissinger)的故事,他曾是尼克松总统的国务卿。有一次,基辛格让助手写一份报告。助手将报告交给他后,当天下午他就将报告返给了助手,并写了一条批语:"抱歉,不够好。"助手心想"糟糕",因为他知道基辛格是对的。他战战兢兢地把报告拿回来修改。这一次交上去的报告明显比上次好得多，但它又被退回来了，上面有一条类似的批语："还是不够好。"这回助手害怕了。他取消了晚上的安排，熬夜奋战修改报告。他找到了几处之前没有发现的错误，并加了一段总结式的分析。他觉得自己尽了全力。所以，不同于前两次，这一次他和基辛格预约了时间，他打算亲自提交报告。"国务卿先生，"他说，"这份报告我改了三次，您两次退回，说不够好。先生，我现在交给您的绝对是我能做到的最好的，如果仍然不够好，说明我不适合这份工作。"基辛格微笑着对他表示了感谢，然后接过报告，说道："非常好！这一次我会真的读它。"

我在《老师有何用》一诗中，写老师如何能让一个 A– 看上去像"一记耳光"，心里想的正是这个故事。当你没有尽全力做到最好时，每一方都不会受益。所以，对一个有能力获得 A+ 的学生来说，A– 真的是一种侮辱。

那句话的另一半也同样重要:"我让 C+ 感觉像一枚国会荣誉勋章。"一个优秀的老师知道,当一名成绩不太好的学生通过努力获得 C+ 时,你完全可以在成绩下面写:"祝贺你!"

长远来看,让学生比他们想象中更努力,也许是老师最重要的职责。你真正要传授给学生的,不是具体的知识,而是迎难而上、持之以恒的精神。当学生不可避免地问道"在现实生活中我们何时会用到这些知识"时,他们会听到完全出乎意料的答案:永远不会。

你可能永远不会用到这些确切的事实、数字和问题。你真正要学习的是勤奋、合作、韧性、灵活、批判性思维和解决问题的能力。每当在生活中遇到难题或意外时——无论是阻碍、事故、灾难,还是失去工作或亲人——你都会用到这些技能。最重要的是解决这些挑战。你可能会问,我教孩子们什么时候要比他们想象中更努力?答案是:每一天。

教育太重要了,因此不能把教育完全交给教育工作者。

——弗朗西斯·坎贝尔(1916—1990)
美国教育总署署长(1962—1965)

你的孩子是我的学生

再好的老师也不能弥补不称职的父母对孩子的影响，人们也不该对老师抱有这样的期待。但事实总是相反。老师们被要求扮演父母的角色，因为他们是孩子生命第二重要的照顾者。我当老师时，既教数学，也教历史，我怀疑一些学生看到我的时间比看到他们父母的时间多。孩子们在早餐时间与母亲或父亲匆匆照面，下一次见面可能是在晚餐时间，一天加起来不到一个小时。这样的情况并不鲜见。相比之下，从星期一到星期五，我与孩子们有很多面对面的时间。不难理解为什么老师看起来是父母的合理替代。然而并非如此。

有一件老师有时能做到但父母做不到的事，那就是不受家族历史和父母期望的影响，客观地看待孩子的潜

能。有的父母喜欢将自己的孩子与其他孩子比较,往往无法充分看到孩子的独特性。还有的父母将孩子的生命视为自己生命的重写,他们不知道,这样的做法既不公平也不明智,并且往往无法实现。很明显,将你的女儿送到常春藤盟校,并不能弥补"如果你当初再努力一点点,你也能被录取"的事实。也许你的孩子就像你一样懒惰。当然,更有可能她和你完全不同。

所以,当你在家长会上向我抱怨你儿子的成绩,说他是优等生时,我会这样回答你:"是吗?我很怀疑。那现在我们要怎么做,才能让他的成绩达到 A 呢?"

赛车问题

假设一辆赛车正在角逐 100 英里越野赛。赛程过半时,赛车停下来,队长说目前的平均速度是 50 英里 / 小时。那么在比赛的下半场,车子要跑得多快才能达到 100 英里 / 小时的平均速度?我喜欢在数学测验中问这个问题，因为我常常收到出乎意料和具有启发性的答案。这是一个棘手的问题，因为赛车没法使其平均速度翻一番。它已经在上半场比赛中花了很长时间提速。即使下半场开到200英里/小时（最容易给出的答案），也还需要15分钟才能跑完赛程。而就算这样，平均速度也只有80英里/小时。要达到100英里/小时的平均速度，赛车必须以光速冲向终点线。平庸被误认作可接受的进步，抹杀了出类拔萃的可能性。此时，赛车手能做的，最多只是调整对比赛结果的期望，并努力在下一场比赛中做得更好。当学生或家长在期中找到我，问我如何才能在学期末获得A时，我总是会想到这个故事。像缅因州的老农指路一样，我不得不告诉他们："你没法从这里（前半学期的平庸表现）到达那里（期末的优异成绩）。"

我曾经在八年级的英语课上遇到一个名叫塞缪尔的学生。他被诊断患有多动症，正在服用药物。他讨厌吃药。他说吃药让他变得不像自己了，让他成了一个除了服从指令什么也不会的 13 岁男生，他很困惑。他在课堂上很吃力，特别是我们每周的词汇测验。我对他服用的药物产生了怀疑——他每天早上在护士办公室吃药，到下午或晚上学习词汇时，药效已经过了，他的大脑再次变得异常活跃，无法集中精神。

我从不赞成让塞缪尔吃药治疗他的 ADHD（注意力缺陷多动障碍，俗称"多动症"），相反，我希望有人能够教塞缪尔用不同的方法来学习，比如一天下午我在足球场上发现的那个人。

塞缪尔是学校男子橄榄球队的守门员，我偶尔会在放学后加入他们的训练，活动一下筋骨。由于我也是一名守门员，教练有时会让我在赛前或赛后与塞缪尔一对一练习。有一个下午尤其让我难忘。第二天我们有一个词汇测验，塞缪尔必须得到一个不错的分数，这门课才能通过。总共只有 10 个单词，每个单词 10 分。这可是实实在在的考试：拼写正确得 2 分，写出完整的定义得 5 分，造一个句子，证明你对这个词汇有正确的理解得 3 分。[换句话说，如果测试的单词是 *enervated*（虚弱），"I'm feeling very *enervated* today（我今天很虚弱）"这样的句子不能得分。]

显然，塞缪尔的学习习惯无法让他通过测试，所以我决定帮帮他。比赛结束之后，天已经快黑了。在球场上，我将球踢给他，让他一边接球，一边解释第二天要考的单词。我还记得其中的两个，因为他总是将它们混淆："*impolitic*（不明智）"和"*myopic*（近视）"。他喜欢这种方法！并且这种方法非常有效——不仅能帮他记单词，还能帮他提高守门技术。他说错单词时，我会假装发火，用力将球踢向他。塞缪尔不仅能完美接球，还会在下一次准确说出单词的释义。第二天的测验他得到了一个漂亮的分数。

老师有独特的视角。和父母不同，我们通常不必从卫生间的地板上拾起孩子们的脏衣服，也不必强制他们睡觉；我们透过更加冷静的镜片看学生。我们更有可能注意到一名舞蹈天才是否正在被强迫成为数学家，或者一个充满想象力的短篇故事作家正在被强迫学习理科。当学生进入职场时，许多行业已经消失，他们年少时理想的工作将不复存在。未来很残酷，而老师们真正的目标不是造就常春藤联盟的毕业生，而是培养充满好奇心、自信、快乐、适应性强、能够迎接未来任何挑战的学习者。

诗人的任务是让人愉悦或给予人启迪,我们必须给那些能同时做到两个方面的诗人以最高的赞美。

——贺拉斯(前65年—前8年)
罗马诗人

从诗人变成老师(或者从老师变成诗人)

虽然我念研究生时主修诗歌,但我最后却当了一名老师。像所有在堪萨斯州立大学(Kansas State University)学习诗歌、小说或修辞学的研究生一样,我教作文 I 和作文 II。每所学院和大学都开设有类似的课程;所有学生都要修读,以确保他们高中毕业时能够写出还算过得去的文章。我们教学生写个人反思、评估报告、商务信函、说服性论证、即兴作文和研究论文。我在这方面"颇有一手"。

这就是教学,它是一门艺术,解释的艺术:按照正确的顺序,以有助于记忆的方式呈现正确的信息。老师的工作是在课前整理所有的解释和示例,并在课堂上呈现最有效的内容。然后省略最后一步,让学生们自己建立关联。

自己得出结论

> 我叔叔是艺术家文特·劳伦斯（Vint Lawrence），他告诉我，对于一幅画，他会问三个问题：（1）艺术家想表达什么？（2）表达清楚了吗？以及最重要的，（3）我能完成这样的思考吗？自己完成思考是欣赏一幅绘画作品不可或缺的组成部分。教学也要遵循类似的流程；最有益的收获是学生经过引导后，自己得出的结论。

念研究生时，每到周末，我就会和同学们聚在一起喝啤酒，吃披萨。他们喜欢讨论自己写的诗，我却喜欢分享学生的作文。毕业后，他们中的许多人继续攻读博士学位，以便有资格教更年长的学生，我却当上了代课老师，因为我想教年纪较小的学生。我想看看，如果我让学生在坏习惯养成之前就进入我的班，我能否对他们的生活产生更大的影响。但是，教过的学生年纪越小（经过努力，我最终成为了六年级老师），我越发意识到，教育中最重要的环节是影响那些年纪尽可能最小的孩子：小学和学前班。

大量无可辩驳的证据显示：如果孩子有机会接受高

质量的早期教育，他们将获得同龄人永远无法赶超的优势。当一个学生到六年级的时候，他或她在智力上能取得的进步在大约十年前就已经决定了，即使是世界上最优秀的老师也无力改变！难怪老师们无法弥补父母未能做到的工作。

我从来没有教过真正的幼童超过一个或两个学期。虽然我享受课堂上的每一分钟，但每次走出教室，我都筋疲力尽，并对他们的全职老师充满了崇拜和尊重。这和我以往的工作太不一样了！如果我告诉一年级的学生我养过一只名叫阿波罗（希腊神话中的太阳神）的狗，它11月份死去了，那么我会听到每一个曾经养过狗、猫或任何其他宠物的学生，每一个听说过阿波罗是希腊神的学生，以及每一个11月份出生的学生讲他们的故事。接下来我们要花10分钟讨论生日。如果我一直教一年级，我会开设一门课程，叫作《我想说但要耐心地等到现在才能说的话》。

当然，管理无限的好奇心比管理大孩子的情绪发作要容易些。我找到了一本我第一次教中学时写的日志，上面记满了我的日常观察。我在一页上写道："中学充满了看起来像事故的蓄意攻击，以及看起来像蓄意攻击的事故。"我看过男生们背着书包，用夸张的摇摆"不小心"将整个书包击打在同伴的胸口上。同样是这些男孩，在不同的情况下会来一个戏剧性的俯冲，如同一名想让对手被判犯规的意大利球员。为了制止这种行为，我只用了一个简单的策略：提醒他们！我对他们说："我知道你在做什么，你没有必要这样做。我非常重视你，我能为你做什么？"许多人需要的，仅仅是权威人士的一点点关注。

人们有时会说，与诗人身份的我打过交道之后，他们会希望当我的学生。他们还说："看得出来，你曾经是一位优秀的老师。"这是至高的赞美，但也总让我好奇：我当老师是否比当诗人更称职。但有一点我敢确定，离开教室后，我从来没有停止过教学。我做的每一件事都是一堂课，即使我是唯一学习它的人。

电话家访

我做全职教师时,常常在周二晚上在学校待到很晚,因为周二是我的电话家访时间。教师休息室里有一本厚厚的联络簿,学校鼓励我们用学校的钱打电话给家长。当我在《老师有何用》中半开玩笑地写道"我让家长们接到我的电话时吓得发抖"时,我心里想的正是这些电话。说真的,有谁在接到孩子老师打来的电话时会不害怕?事实上,大多数妈妈(接电话的常常是妈妈)拿起电话的第一句便是:"他又在学校做了什么?"或者是"我为我女儿所说的话道歉"。

因为父母以为会有坏消息,所以当老师打电话到家里时,他们总是很紧张。然而,在我打的所有电话中,"报喜"的比"报忧"的多得多。

我记得曾打电话告诉家长,孩子的测验成绩有进

步，或者表扬孩子比以前更努力。有时我只是想告诉他们，我很赞赏孩子在课堂讨论中敏锐的或是成熟的发言。父母应该渴望听到来自老师的哪怕一丁点儿消息。如果不是这样，如果他们不在家，永远不回电话，或者对孩子在学校的表现毫无反应或漠不关心，那么，让我知道也是好的。

我很快总结了三条关于打电话"报喜"的重要经验。首先，这样的电话往往是轻松而有趣的，不会有父母威胁你说："你对我的女儿说了什么，为什么她会说你蠢？你究竟做了什么蠢事？"其次，你不必担心你这样做会让事情对孩子来说变得更糟。此外，有时候只需要几秒钟，你就可以判断朱尼尔毫无理智、反复无常、自我毁灭的行为遗传自谁，你还知道这个电话可能会引起一些你想不到或不想听到的反应。

但是，关于打电话给家长汇报孩子成绩的最重要经验是，相比"报忧"的电话，这样的电话实际上更有效。

接到电话的第二天，孩子们上课的脚步会更轻快，笑容会更灿烂，表现会比前一天更好。我曾经有一个名叫迦勒的学生，这个古怪的七年级男生不太用功。我教迦勒数学，有一天，他在几何测验中做错了一道题。我在他的试卷上写了正确答案和评语，但我现在认识到，我用了不当的措辞。迦勒想在课堂上与我讨论，但我不想占用上课时间——我十分确定是他错了，所以我没有在课上和他讨论，而是让他在作业中写出他的证明。

那天晚上我打电话给迦勒的母亲。这不是第一次有老师打电话到他家，我觉得她已经习惯了这样的电话。但这是她第一次听到好消息。我想让她知道，她儿子在课堂上表现出的好奇心和活力让我想到我当老师的初衷。我告诉她，正是迦勒这样的孩子让我热爱自己的工作。电话另一端的沉默告诉我，这位妈妈哭了。这个电话让我从此有了一个"同盟"，一个可以开玩笑的同盟。一个月后的一天，迦勒让我生气极了，我打电话给他妈妈——我的"同盟",我说:"我今天真想掐死你儿子!"她在电话那头大笑:"我可以在他睡着时帮你掐死他,并且让现场看起来像一个意外。"

关于电话家访,我还有一个故事,这个故事很好地说明了"老师有何用"。在故事里,一个男孩为保护另一个男孩公然对抗班里的"恶霸"。

安德鲁·马克斯是我六年级的学生。他聪明、善良,红扑扑的脸颊,胖乎乎的身材,总是穿戴得整整齐齐。有一天课间休息的时候,安德鲁和另外三个男孩玩 Uno 牌[1]:蒂米,年纪最小,很淘气;特拉维斯,我教过的最顽劣的孩子,自私、刻薄;最后一个孩子的名字我记不起来了,我们姑且叫他"什么都没做的旁观者"。

我不知道 Uno 的规则,但显然,这个游戏有好几种

---

[1] Uno 是一种牌类游戏,1971 年由莫尔·罗宾斯(Merle Robbins)发明,现由游戏公司 Mattel 生产。Uno 是西班牙语和意大利语中"1"的意思。由于游戏规则中,当玩家手上只余下一张牌时必须喊出"uno"而得名。

不同的玩法。游戏开始前,玩家必须商定规则和策略,就像扑克牌开局前玩家要商定哪些牌是"百搭牌"[1]一样。游戏开始后不久,蒂米出了一个非常罕见的招数,而另外三个人让他收回,因此我猜他们没有事先商定规则。我一边批改试卷,一边看他们打牌。据我推测,蒂米的"把戏"大致类似于拱猪游戏中的"收全红",这是一个需要运气、诡计和勇气的"创举"。他对自己的技艺很是自豪,所以当另外三个男孩告诉他这个游戏不允许这样出牌、他们"不这样玩"时,他难受极了。蒂米把牌收回来,但是他的下唇开始颤抖。看到蒂米可怜的样子,残暴的特拉维斯开始出言不逊。

"怎么?你要哭了吗?这只不过是一个游戏啊!你真的要哭了?大家快看呀,蒂米哭了!真是一个大婴儿!"

---

[1] "百搭牌"就是可以由持牌人随意决定牌值、代替任何其他的牌张。在中国,一般被用作"百搭牌"的是"大王"和"小王"两张牌。

我知道我得站出来,尽管我的干预可能使情况变得更糟。但就在我站起来之前,我听到了安德鲁的声音,他对特拉维斯说:"放开他!就算他哭又怎么样!我有时候还哭呢,你不会哭吗?"

就是这样,这就是我在诗中所说的"我见过的最高尚、最勇敢的行为"。直到今天,想到那天的情景,我仍然会战栗。安德鲁不是不害怕凶悍的特拉维斯,特拉维斯完全有可能掉转矛头,嘲讽安德鲁的身材,就像他经常做的那样。

安德鲁知道他目睹的是欺凌,单纯而又简单的他将自己置于霸凌者和受害者之间,帮受害者挡子弹。当我晚上打电话给他母亲,告诉她白天发生的事情时,我哭了。我告诉她,安德鲁让我为自己的职业感到自豪,我希望我能像他一样。但我知道,我流泪还有一个原因,因为耻辱——如果我是那场纸牌游戏中的一个12岁男生,我会是那个"什么都没做的旁观者"。

灵光突现和意外惊喜

如果可以用某种方式画出一个孩子的学习方式,几乎可以肯定,这不是一条缓慢而稳定的朝着知识与智慧高峰爬升的线条。相反,它看起来会像股市在行情不错的十年里锯齿状的波动式攀升。那些最高峰往往是由神奇的巧合和美妙的意外引发的豁然开朗和灵光突现,接下来,由于习惯、荷尔蒙和恐惧,这些少年可能又重新变得昏昏欲睡。老师们将学生突然明白某个问题的时刻称为"灵光突现"。见证这样的时刻如此令人振奋,它们是任何老师职业生涯中最有价值的时刻。愁眉不展的学生眼中突然闪现的光芒,是对老师最珍贵的回报。

这样难忘的时刻我也有过。有一次,我正在给一个名叫保罗的学生讲"零积法则",即只要有一个因数

为零，结果始终为零。一旦你理解了"零积法则"，你很难想象其他不理解它的人是怎样的感受，这就是所谓的"知识的诅咒"。我记得我在保罗的书桌旁蹲下，又耐心地给他讲了一遍。突然，他睁大眼睛，转过身来。"您的意思是，"他似乎不敢相信自己懂了，"5乘以3/7，乘以125，乘以342.8，再乘以零，结果为零？"我对他点点头。他兴奋地在纸上画起来，告诉所有能听到他说话的人："这改变了一切！"是的，这正是所有老师想要做的事：改变一切。

为了点燃火光

我做老师，是为了激发热情，为了点燃火光，为了让那些在黑暗中摸索的少年恍然大悟。美丽的白炽，耀眼的白炽，在沉闷的空气中熠熠发光；少年在拼命思索、思索、思索，终于，他如饮醍醐，你看见他眼里的光！这是老师期待的时刻！

我做老师，是为了让所有小象看见自己有翅膀，相信自己可以飞翔。教室里，一千只叽叽喳喳的鸟儿在盘旋，它们全神贯注，等待知识的滋养，只为在某个时刻豁然开朗。这是老师期待的时刻！

我做老师的原因，和所有老师一样。卵石从来不知道水波能漫延至何处，但我每天都会重新打开心灵，重新认识自己。就仿佛，我是一只空桶，学生是许愿池。他们说，选择教书的人永远不会停止学习。我做老师，是为了让知识的火星熊熊燃烧。

有时，灵光来得猝不及防，就像我的学生目睹的，或者他们认为自己目睹的英语语言的变化——通常这样的变化需要很多年。

我过去教英语时，用过一本分为30个章节的词汇书,每个章节讲10个与某一特定主题相关的新词,例如"英语中的西班牙语借词"或"描述人物的词"。第一章叫作"和语言有关的词",包括"*connotation*(内涵)""*denotation*(外延)""*jargon*(行话)""*slang*(俚语)"和一个我不认识的词"*argot*(暗语)",它指的是一个特定群体(例如盗贼)为隐瞒真实意思所使用的一种秘密语言。我决定布置一次有关八年级学生的"暗语"的家庭作业。"这是属于你们的语言,"我告诉他们,"你们可以用它来创造一些自己的秘密俚语。"

我要求每个学生发明10个与学校现象有关的表达。举个例子,我建议把"关禁闭"[1]说成"给一个D",就像"因为在课堂上传纸条,老师给了我一个D"。学生们点点头,争先恐后地说出他们的想法。例如,八年

---

[1] 英语单词"detention"的意思是放学留校,学生们喜欢形象地称之为"关禁闭"。

级学生有一个暗语,把"留级"说成"吊高枝";把"明明不想去洗手间却申请去洗手间"说成"请求假装冲厕所"。下课钟声响起,一半的学生走出教室,另一半留在教室里等待下一节课——我的同事罗伯特·凯斯特先生教授的美国历史。

凯斯特先生40岁,教学经验丰富。尽管视力很差,他还是发现了某个粗心的学生几分钟前遗忘在桌上的一张作业纸。凯斯特粗略地看了一眼纸上的内容,总结道:"'给一个D'已经是时髦的中学生中流传很久的俚语了。"他说得对。所以在课堂结束时,为了告诉学生周一上课不预习的后果,凯斯特先生漫不经心地说:"偷懒的同学就等着你们的D吧!"一半的学生一头雾水。

那另一半呢?另一半学生刚刚上过我的英语课,他们觉得难以置信!凯斯特先生怎么会知道他们一个小时前才学的表达?难道这个说法以前就存在了吗?

英文真是活的吗,就像马里先生说的一样?我上课的最终目标和目的——我没有任何权力要求我的学生实现的目标和目的,是了解语言如何随着时间的变化而不断演化,并且知道语言的含义是流动的。我的目的达到了,这些学生眼里的不可思议就是最好的证明。老师有何用?他们利用这些美妙的意外把课讲得透彻明白。

教育孩子的目的，是让他在没有老师的情况下，也能够自己学习。

——阿尔伯特·哈伯德（1856—1915）
美国作家、编辑和出版家

绝对美丽

我常常在一大群人（未必是老师）面前朗诵《老师有何用》。有意思的是，当我念到我让学生们一遍又一遍地拼写"*definitely*（绝对）"和"*beautiful*（美丽）"这两个词，直到他们再也不会拼错时，我总会看到观众点头表示赞同。有时在举例时，我甚至会加上"*business*（事业）"这个词：*definitely beautiful business*（绝对美丽的事业）。

我是在九年级学会 *definitely* 的拼写的。我当时的英语老师叫斯图尔特·莫斯，他给全班同学唱《*definitely* 之歌》。他说这首歌能让我们永远不会拼错这个单词。歌曲的旋律高亢、优美，歌词是这样的：

在"*definitely*"这个单词中，没有"A"。

这就是整首歌。所有学生都望着莫斯先生，问："只有这一句？！这首歌能保证我们以后准确地拼出这个单词？肯定没用！今晚睡觉之前我就忘了！"但事实却是，我在1978年的秋天听到那首歌，直到今天我还记得清清楚楚。

没有和"*beautiful*"有关的歌，这个单词之所以让我难忘，是因为一个"灵光突现"的时刻。九年级毕业的那个夏天，我去了一所暑期学校，因为我父母觉得我有粗心大意的习惯。我确实有。在人文课上，我坐在一个名叫拉里的摔跤手旁边。有一天，拉里问老师如何拼写 *beautiful* 这个单词，他说他总是拿不准。老师让他自己查字典，但是提醒他，翻到正确的页码可能需要20分钟。她说对了。拉里终于找到了这个单词，他不断重复单词的前四个字母，声音大得惊人。而这个时候，我们已经在收拾东西，准备吃午饭了。"B-E-A-U？！怎么开头会是这四个字母？B-E-

A-U？！真没想到！"他说了很多遍，有些人开始模仿他惊讶的语气。但在内心深处，我真的很感激他。拉里不是唯一一个不确定如何拼写 *beautiful* 的人——除了他，还有我。但经过他的重复，现在我们都记得很牢。

不用说，我在课堂上为学生们唱过几百遍《definitely 之歌》。有时候我甚至会连续唱两遍。我内心住了一个酒吧歌手，唱歌时我总会加上很多华丽的装饰音。歌曲很有用，不是因为我夸张的演绎，而是因为它本身的力量。另外，每次我和学生讲我是如何学会拼写 *beautiful* 时，他们都会用充满戏剧性的音调故意模仿摔跤手拉里的惊喜之情。

我多希望我将这两个故事也写进了诗里：顿悟时的欣喜，灵感迸发时的雀跃。我们以为学习就像一个孩子在长高：一个渐进的、稳定的过程，偶尔出现加速进步。但是，学习的过程更像是大大小小的闪电，不断撞击我们的大脑。如果你目睹过这样的时刻，你就会明白为什么老师们将其称为这个职业"不为人知的乐趣",尤其是当老师制造了这样的"闪电"。事实上,老师们总在制造"闪电"。

注意施教时机

作为老师,有时生活给你准备的教案远比你自己准备的精彩,你必须随机应变。在那一刻,你不会有时间思考要布置什么样的家庭作业让学生获得教益,你只能即兴发挥。

我曾在纽约的一所学校教数学。有一天上课时,窗外发生了一件非同寻常的事情。我的教室在四楼,但是由于学校的天花板相当高,因此我们可以直接看到街对面公寓楼的六楼,距离大概50英尺。每天都有太多让学生分心的事情:一个年轻女子靠在窗边抽烟,她把烟藏在壁架的角落里——公寓里任何人都看不到的角落;楼上是一个老头,整天穿着浴袍在屋里走来走去。他看到你时会挥手,所以我们叫他"开心佬"。我越来越讨厌他,他有巨大的"吸引力",总是分散学生的注意力。但和那天发生的事情相比,"开心佬"简直可以被忽略——那天,在他的楼上,一架巨大的钢琴被推出了窗外。

几年后,我才从一个住在同一栋楼的朋友处得知,八楼有一位女士,她的梦想是在卡内基音乐厅举办钢琴演奏会。她准是不停地念叨她的梦想,于是她富有的丈夫决定租下大厅,让她实现梦想。显然,她对卡内基音乐厅的钢琴并不满意,她要用自己的钢琴。"不,"她坚持道,"我必须在自己的钢琴上演奏。"这就是为什么四月份的某个星期四,一辆带起重机的平板车在公寓楼前升起,她的大钢琴在我讲数学题的时候被小心地推了出来,在我的教室窗外徐徐下降。

钢琴还没有被完全推出窗外,教室里的椅子就已经全空了。我们把脸贴在窗户上,目瞪口呆地看着对面,我们呼出的热气让玻璃起了一层雾。没有人说一句话。有什么办法能将这样的景象与数学联系起来吗?难道问他们"你们觉得钢琴掉到地上会摔成多少片"?我完全没有主意。但是没关系,因为的确没有什么可说的。这是一个极具视觉冲击力和令人难忘的时刻,我多希望我也能让学生如此全神贯注。当钢琴缓慢地经过我们的窗户时,我用余光瞟到"开心佬",他穿着浴袍,盯着钢琴。他向我们挥手,但没人回应,因为所有人都被眼前的景象迷住了。

全神贯注

一架巨大的钢琴,被搬家工包裹在海绵垫里,用帆布带捆扎,像古典音乐献给精神错乱者的生日礼物。

它被轻轻推出62街的8楼窗口,四条腿藏得严严实实。

它在四月的空气里,在起重机的吊臂上,摇摆,晃荡。肖邦式闪亮的黑色漆面,暗淡的白色十字图案,像是座椅边协奏曲倒数第二个音符在8楼戛然而止。我的眼泪几乎要掉下来——被推出窗外的、被推上一辆平板车的、缓缓下降的,是一架钢琴!而我,正在街对面的大楼里教数学。

对面有如此生动的课程,我还能教什么呢?

长臂起重机和平板车,如此普通而又如此诱人!连空气都变得趣味十足。就像下雪。

每年的第一场雪,我的学生都会跳到窗前。每一年。好像雪比数学更有趣。当然,事实的确如此。

所以,拜托了。让我也像那架施坦威[1]一样,在四月的空气里,在起重机的吊臂上,晃晃悠悠,几近坠落。

像是要失去一切。

像是初雪一样坠落。

---

[1] 钢琴品牌。

教育是从自信的无知到深思熟虑的不确定的过程。

——肯尼斯·约翰逊（1922—2002）
　　美国教育家和语义学家

歌颂"深思熟虑的不确定"

老师可以帮助学生培养很多能力,其中最重要的是筛选信息的能力——分辨哪些是有用的、客观的和可靠的,哪些是偏颇的、离题的和容易忘记的,尤其是在互联网和有线新闻时代。英国历史学家乔治·麦考莱·特里维廉(George Macaulay Trevelyan)曾写道:"教育造就了一大批人,他们会读书,但是不会区分什么书值得读。"

我一直希望我的学生从我的课堂上学会理性地怀疑,能够质疑来源的可靠性,分辨错误的逻辑或偏见,而不是死记硬背或生搬硬套。这正是老师的伟大使命:我让他们学会批判。动词"批判"有两层含义,当然其中一层是中性的(评判或分析事物的理据),另一层绝对是消极的(贬抑、谴责或挑剔)。多年来,总有人问我,我是不是想把学生变成吹毛求疵的人。我不是。然而,对真理"吹毛求疵"并非坏事,对吗?

为了鼓励我的学生驳斥站不住脚的论点,我将问答题放在考试中,要求学生批驳"学术作品中的摘录"。

引文是我自己编的,假装摘自某篇文章或书籍,标题当然也是假的。但我尽力让它们看起来有说服力!谁敢质疑学识渊博的桑杰·帕特尔(Sanjay Patel)博士——《沙漠里的斯芬克斯:古埃及宗教》(*Sphinx in the Sand: Religion in Ancient Egypt*)的作者?然而,在读了他的结论"古埃及的宗教不是社会的重要组成部分,因此祭司们没有多大的权力"之后,我的学生会礼貌而有条理地将他的观点撕成碎片!

很少有人这样描述一位老师:他教学生如何"质疑权威"(著名的车尾贴标语)。事实上,许多批评美国教育的评论家认为,学校所做的恰恰相反,因为我们现有的制度产生自工业革命时代的需求:培养遵守纪律、服从指挥、技术娴熟的工人。在这样的环境中,经过思考的怀疑尚不容易,更不用说纯粹的创造了。但我还是愿意教我的学生质疑和批判。

就像"无所谓",就像"你知道吗?"

不知你有没有发现,不知为何,我们在说话时,言之凿凿、确信无疑的语气显得不够酷。

我们的话语中充满了看不见的问号和括号(比如"你知道吗?")。

即使这些句子不是问句,就像"有问题吗?""你知道吗?"

陈述句——之所以叫作"陈述句",是因为它们用于宣布真实的、确定的事情。陈述句中不应该有那些时髦而又新潮的疑问口吻,比如"你知道吗?"

就像,不要因为我注意到了这个问题就觉得我不酷;

就像满大街的"你知道吗?"

就像我听到的一样?

我的意见中不带任何个人情绪，好吧？

我只是让你和我一样不确定？

我们为何不再坚定？

我们曾经赖以行动的四肢去哪里了？

它们是否像雨林一样被砍掉？

还是我们根本无话可说？

社会变得如此，就像，完全……

我是说绝对……你知道吗？

我们刚刚说到，就像……无所谓了！

事实上，我们的这些断句和脱节……

只是在巧妙地掩盖一个事实：

我们已经成为最口齿不清的一代人，

自从……你知道的，很久很久以前！

我请求你，我恳求你，我劝诫你，

你敢不敢说话铿锵有力。

说出你的意见，彰显你的决心。

因为，和车尾贴上的名言不同，

在这样一个时代，仅仅

质疑威权还不够，

你要成为权威！你要言之凿凿！

真正的教育导致不平等：个性的不平等，成功的不平等，才赋/天才的极度不平等。

——费利克斯·谢林（1858—1945）
美国教育家

邂逅天才

我很清楚与一个年龄只有你一半、智力却是你两倍的人交流是怎样的感受。我曾经有一个叫艾伦·佩尔曼的学生,她是我教过的所有学生中最聪明的一个。假装教导她是我的一大乐事。

那是20世纪90年代初,我刚刚硕士毕业,在缅因州南部生活了一段时间,做一本小型文学杂志的副主编。为了维持生计,我还在普林斯顿评论公司(The Princeton Review)当代课老师和导师,该公司帮助学生提高SAT[1]、GRE[2]和LSAT[3]等标准化考试的成绩。在同

---

[1] SAT(Scholastic Assessment Test)由美国大学委员会(College Board)主办,其成绩是世界各国高中生申请美国大学入学资格及奖学金的重要参考,它与ACT(American College Test)都被称为美国高考。
[2] GRE(Graduate Record Examination),中文名称为"美国研究生入学考试",适用于除法律与商业外的各个专业。
[3] LSAT(Law School Admission Test)是法学院入学考试,其成绩作为申请入法学院的评估条件之一。

时兼三份差一年之后，我想要找一个稳定的教职。最后，我在科德角学院（Cape Cod Academy）谋得了一个职位。由于一名老师中途离职，因此学校急需一个新老师来补缺。那位老师教英语，是学校文学杂志的顾问，还负责辅导所有高二、高三学生的SAT考试。每个人都很惊讶怎么会有如此适合我的工作，他们打趣说这个岗位简直是为我量身定制的。

入职不到两周，日本神户发生了大地震，这场突如其来的灾难间接导致两名学生加入了我的SAT培训班。其中有个叫萨拉的可爱女生，她原本在神户参加一个留学项目，但地震导致城市基础设施严重损毁，因此她不得不回国，在原来的学校念完三年级。她加入了我的班级，为SAT做准备——所有高三学生都要参加SAT考试。所有学生，除了一个。

她就是萨拉最好的朋友艾伦·佩尔曼。她不用上我的课，因为她是一个天才，所有人都知道。刚刚升入高三（我来之前），她就参加了SAT考试，并且取得了优异的成绩。她当然不需要参加我的培训班。然而，萨拉回到学校后，艾伦开始来上我的课——她只是来陪萨拉，不然的话她应该在学校图书馆读《纽约客》（*The New Yorker*）和《巴黎竞赛画报》（*Paris Match*）。几个星期以来她没有说过一句话，我想知道为什么大家都认为她很聪明。直到有一天，当我在很费劲地讲解一道数学题时，艾伦举手了，她提出了一个建议。

我多希望我能记起来那道题的题目和解法。它很复杂，涉及几何和好多变量。我在黑板上奋笔疾书，满头大汗，自己都快糊涂了。就在这时，艾伦说话了，她说：

> 马里先生，换种方式解这道题可能会有帮助。折转您沿轴AB绘制的矩形，您会得到一个正方形。现在假设，正方形是一个金字塔的底部，金字塔

投射到房间里，在一个点上重合，我们称这个点为X，它离黑板有一些距离。X点和C点之间的距离，显然是AB和BX的平方和的平方根，不是吗？

我惊呆了。她的逻辑巧妙、直观，简直绝了！我几乎要跪倒在她面前，向她展开双臂，大呼"我不配当你的老师！"事实是，她的解答非常有道理！当我的脑中一团乱麻时，她让我豁然开朗！从她的角度——她独一无二的智慧、创意和令人惊艳的视角——考虑这个问题无疑是"有帮助的"。不仅有帮助，而且漂亮极了。

在我的教学生涯中还有很多其他例子，让我突然发现面前的人比我聪明。他们有更灵活、更机敏的头脑和更强的认知能力。他们就是比我聪明。没关系，其实这是一件好事，一件让人谦卑的好事。老师不要总以为自己是教室里最聪明的人。

你要教你最需要学习的东西。

——理查德·巴赫(1936—)
美国作家

学生变成老师

几年前,我在伦敦美式国际学校(American School in London)做了一个星期的驻校作家。学校风景秀美,步行几分钟即可到达修道院路,以及披头士乐队录制同名专辑的录音棚。ASL的学生来自世界各地,他们当中有很多是外交官和商人的孩子。我负责的学生——我记得是整个八年级——热爱诗歌,而我正打算教他们写不同类型的诗。但是,在那一周的相处当中,学生们最难忘的恐怕不是我教给他们的知识。

前三天(周一到周三),我每天上两节课,每节45分钟。这让我们有充裕的时间重温学生的家庭作业,讨论我们要学习的新的诗歌类型,赏析著名诗歌,以及答疑。当然,我们还有时间在课堂上写作。我甚至可以给学生布置一个微型作业,让他们当天晚些时候交给我,然后一起讨论他们的作品,我还来得及修改。对诗歌教学来说,这样的时间安排再完美不过了!我教他们"如何"诗[1]、五感诗、静物诗、十四行诗、三行俳句诗、"我记得"诗[2][乔·布雷纳德(Joe Brainard)开创的诗歌类型,《我记得》是他著名的长诗],以及许多其他类型的诗。学生们做得最好的是周四的作业。那天,八年级的学生花了一整天时间教三年级的学生如何写他们最喜欢的诗。

我安排三年级的老师将他们的学生带到图书馆,每个八年级学生负责教一到两个三年级学生。上课之前,两个年级的学生先彼此认识,我给他们布置接下来的任务。然后,"老师们"带着他们的"学生"去到

---

[1] 一种诗歌类型,教人们如何做一件事、如何玩一个游戏,甚至如何做一个手工。
[2] 每行均以"我记得"开头的诗。

一个安静的角落，一起写一首诗。"老师"12到13岁，"学生"8到9岁。我在现场毫无用武之地，这恰恰说明一切进行得很顺利。我去到每个小组旁边"偷听"他们说话，我想知道我的学生会如何向他们的"学生"讲解他们几天前刚刚学到的概念。我拍了很多照片，从头到尾我一直在傻笑。

研究证明，学习一样东西最好的方法是立即将其传授给他人。我最初萌生这个想法时，并不知道有这样的研究。我当然也没听说过"突破性合作社"（The Breakthrough Collaborative）这样的团体，那是一个暑期学校，由高中生和大学生教授缺乏师资但积极性很高的中学生。我只知道这种方法非常奏效，向他人传授知识有助于你更加牢固地掌握知识。知道星期四要教低年级的学生，这让我的八年级学生学得格外认真。

那天结束时，我们聚集在图书馆最舒服的角落里，读各自的小诗。来自中东、西欧、亚洲、澳大利亚、非洲以及世界其他地方的孩子们围坐在一起,听着彼此的诗歌,不时向他们八年级的"导师"请教。我和三年级的老师以及两位图书管理员坐在一起,我一边傻笑,一边悄悄地流泪。

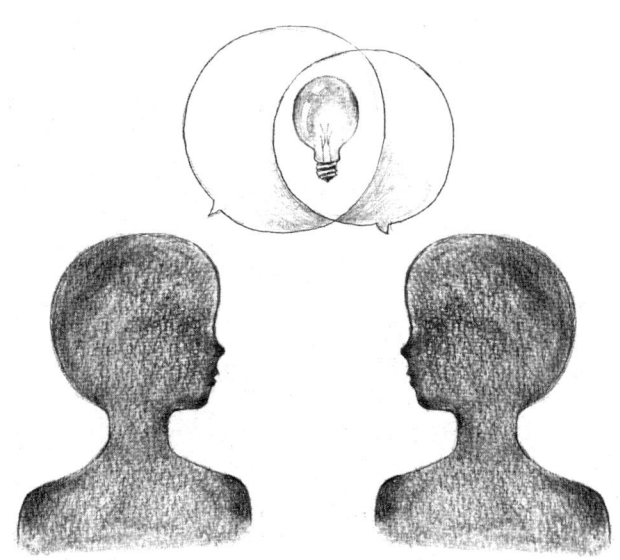

你不能教一个人任何东西,你只能帮助他自悟。

——伽利略(1564—1642)
意大利物理学家和天文学家

我教学生涯中最美好的一天

我教学生涯中最美妙的时刻（事实上有很多美妙的时刻）发生在20世纪90年代初的堪萨斯州。那也是一个"灵光一现"时刻。我在我的另一首诗《像莉莉，像威尔逊》（*Like Lilly Like Wilson*）里面，详细地讲述了这个故事。下面是故事梗概（我改变了诗中的一些标识性的细节）。

20世纪90年代初，我住在堪萨斯州曼哈顿市，那时的我是一名来自纽约的自由派，扎着马尾辫，开一辆黑色的福特野马敞篷车。在堪萨斯冬天凛冽的寒风中，那可能是最愚蠢的车了，但是在春季和秋季，在堪萨斯东北部连绵起伏的草原山上飞驰却实在妙不可言。所以当一个名叫莉莉·威尔逊的学生告诉我，她想写一篇有说服力的论文，支持立法禁止同性恋伴侣收养孩子时,我什么也没说。我怕如果我阻止她,我会更像一个长发嬉皮士,一个自由派怪人——就像所有人以为的那样,从而让她更坚信自己的观点。我只是提醒她论文的要求,她需要的资料来源的数量,以及确保这些来源的可靠性。刚过了几天,她又来找我了,问我她能否转移立场,因为她找到的证据不支持她的想法。在《像莉莉,像威尔逊》一诗中,我写道,我想告诉莉莉,"你让我感觉像一个老师,你让我别无他求"。但这句话并不足以描述我当时的感受,正因为如此,我才会认为那是我教学生涯中最美妙的时刻:

> 我想要告诉她……
> 改变主意是判断你
> 是否有思想的一个最好方法。
> 思想就像降落伞,
> 你如何捆扎它并不重要,

> 重要的是,它能
>
> 在正确的时间打开。

这些都是众所周知的道理,我很可能在车尾贴上看过。比起教导学生如何打开思维,教育还有更重要的意义吗?答案是"有"。美国哲学家威廉·杜兰特(William Durant)说,教育是一个逐步发现自己无知的过程。这是教育最好的结果。这是我在写《像莉莉,像威尔逊》时想到的教育的两个定义中的一个,另一个来自乔治·伯纳德·肖(George Bernard Shaw):"教育让我们看到一个又一个令人大开眼界的事物,每一个都是对从前信念的否定。"

我从中得出的结论是,他人传授的知识永远不如自悟那么深刻。老师让学习成为可能,这通常意味着为教导自己创造条件。这也许就是老师的定义。

电子邮件，伊斯兰教和启蒙（如真主所愿）

我曾经指导过一个很棒的项目，它有一个非正式的名称，叫作"穆斯林网友项目"。我当时在纽约教七年级的中世纪史，其中有一章讲的是伊斯兰教的创建和快速传播。那时还是20世纪90年代末，世界还没有因为"9·11事件"发生天翻地覆的变化。但我仍然发现有学生对穆斯林的态度不够友善。我第一年讲到伊斯兰教那一章时，学生讲了很多关于出租车司机的愚蠢笑话。这并不奇怪，因为在纽约，学生见过的穆斯林几乎全是出租车司机。但他们是错的，我知道，即使我从未能够向他们证明。所以，第二年，我发誓要教好这一章。

我制订了一个计划，还找了几个帮手。在学校里，我只认识一个穆斯林家庭，他们一家是土耳其人，孩子上六年级，我教他古代史。他没有参加项目，因为他还有一年才到岁数，但他的妈妈还是帮了我。给了我他们在土耳其的几个朋友的名字和电子邮件地址，其中包括与我学生同龄的几个孩子。我在研究生院的一个穆斯林朋友，将她巴基斯坦的家人和几个仍在美国各地念研究生的朋友的联系方式告诉了我。然后，我让课上的每个学生和这些穆斯林网友一对一结对，用电子邮件交流。

在那个年代，不是每个学生都有电子邮箱，所以学校的技术主任为我的所有学生创建了专门的电子邮件账户，只能从学校登入。之后的几天，我们每节课都留出一部分时间，设计我们认为有意义和恰当的问题。比如"斋月期间的斋戒是怎样的？"以及"你认为伊斯兰教的五大支柱中哪一个最难遵循？"接着我们在计算机实验室上了一节课，每个学生都写了一封信给他们的朋友，介绍自己并提出问题。我让他们将所有邮件都抄送我，并请他们的穆斯林朋友也这样做。

接下来的几天，我们学了课本内容，还设计了一些新的、更好的问题。几天后，我们回到计算机实验室，想看看是否收到了穆斯林朋友的回复。他们回信了！他们中的大部分回信了——生活中总是有失约的人。所以没收到回信的几个孩子需要分享积极回应的穆斯林伙伴。教室里充满了兴奋的喧哗！每个学生都想给我看那些伙伴给他们的回复！他们认真地读着来自地球另一边的消息（其中有几封信来自不到两英里远的哥伦比亚大学，不过这不要紧）。

我们发现，大多数穆斯林朋友并不认为自己是特别好的穆斯林，对此我也很诧异。他们中的一些在斋月期间没有斋戒，有些甚至说不全伊斯兰教的五大支柱！他们当然认为自己是穆斯林，但宗教信仰并不是他们最重要的身份。我们以此为话题，进行了几次关于信仰和身份的很棒的课堂讨论。我们发现，班上不止一个同学,包括我自己,可以完整地背出基督教十诫(Ten Commandments)[1]。

想知道大多数穆斯林朋友喜欢谈什么吗?——是NBA赛场上叱咤风云的迈克尔·乔丹和芝加哥公牛队,篮球,美国电视和流行文化。一些学生找到了动力,以崭新的热情投入项目。更聪明的学生有些好奇,也许还有些失望。但这些发现让每个人都开了一番眼界。那一年,以及后来的每一年,再没有学生取笑出租车司机。事实上,我不止一次在星期一的早上,听学生说他们与纽约的出租车司机进行了愉快的交谈。

---

[1] 十诫是《圣经》记载的上帝借由以色列先知、众部族的首领摩西,向以色列民族颁布的十条规定。犹太人奉之为生活准则,也是最初的法律条文。

对于我们先学才能做的事，我们边做边学。

——亚里士多德（前384—前322）

古希腊哲学家

触摸得到的课

有这样一种项目,它们要求你构建或绘制一些东西,以证明你对主题的理解。我非常喜欢这样的项目。将不同的事物混合起来,通过发挥创造力来学习——这些是每一位有效的老师都会做的事情。我在"全国诗歌大满贯"(National Poetry Slam)上的老对手丹尼尔·费里(Daniel Ferri)也是一位老师兼诗人,他曾经写过一首叫作《倒走日》(*Backwards Day*)的诗。在诗中,他用清新的笔调讲述了学习不同课程的方法:

> 在数学课上,作业是
> 描述结合律,分配律和交换律
> 在舞蹈课上
> 设计动作,舞动肢体,展示你的成果

笨手笨脚要扣分

在社会科学课上,作业是
准备两首内战时期的进行曲,一北,一南
分四个声部演唱,情感要充沛
歌声平淡要扣分

在英语课上,作业是
刻一座雕像,展现海丝特·白兰[1]的孤独的勇气
她爱人的懦弱
以及她孩子的漂亮和陌生

在科学课上,作业是
带一个坏掉的烤面包机、门把手或发条玩具

---

[1] 19世纪著名浪漫主义小说家霍桑的代表作《红字》中的女主人公。

修好它

如果你能使用剩余的部件来做一样新东西，

你会得到额外的分数

偷看说明要扣分

　　无论哪一门课，无论学生的年龄大小，聪明的老师都会去激发孩子建造、创造、创新和表达的天然欲望和能力。我决定验证这一点。为此，我给古代史课的学生布置了一个作业：做一面古希腊盾牌。

　　作业很简单：根据你对雅典和斯巴达这样的希腊城邦的盾牌设计的了解，做一面盾牌。但有一个要求，不可以用我装饰教室墙壁的硬纸板做华而不实的盾牌，它必须能够保护你免受剑的攻击。大家都知道我说的是什么剑。在上一年的中世纪历史课上，我带孩子们体验了中世纪时代的角斗场，观看马上长矛比武赛。孩子们深深着迷，他们戴着纸做的皇冠，尽情享用火

鸡腿和塑料杯中的苏打水。那天晚上,上车回家之前,我买了一把亚瑟王神剑的全尺寸金属复制品,就像圆桌骑士用的那种剑。我把它锁在教室的柜子里,它被称为"王国之剑",这个名字带有骑士的气质。一提到它——我不知道是谁带头的——整个班的男生就开始虔诚地吟诵咒语"Oooh-ha-ha!"

我告诉男孩们——这所学校只有男生(但就算班上有女生,我仍然会布置同样的作业),交作业的那天,我会用那把剑攻击他们,如果剑刺穿盾牌并造成伤亡,他们的成绩会非常难看。他们喜欢冒险。其实我并不打算真的攻击他们,到时候我会将剑刺向护盾架。护盾架是学校保安用厚2英寸宽4英寸的木板做成的,两旁装有可快速拆卸的夹子。

当然,希腊盾牌一定要有艺术元素。事实上,有30分取决于盾牌的外观设计——配色和想象力。我们都熟悉古代的传统设计,我的学生们也知道他们在色彩方面有多大的创新空间。另外30分给结构上的巧思，即握柄的设计，是皮带加上用螺丝固定到盾牌背面的门把手，还是在盾牌中间装一个反转（使凸面变成凹面）的金属垃圾桶盖上的提手呢？

但是，最重要的还是盾牌的有效性，或者叫"防御能力"，这个部分占40分。当男生们的盾牌被夹在弹弓形护盾架上时，它能承受两次来自"王国之剑"（Ooohha-ha！）的直接攻击吗？第一次是侧向攻击，我们称之为"撞击测试"，第二次叫作"戳刺测试"。这些盾牌的防御能力将在交作业那天见分晓，那一天叫作"撞击日"！

"撞击日"在四月初，我后悔没有在上课前将男孩们握着盾牌在过道上嬉闹的样子照下来——不是因为这帮念私立学校的男孩整齐的穿戴与手上五颜六色的古希腊盾牌极不协调，而是因为他们脸上洋溢着纯真的骄傲和喜悦。其他班的学生以及不明所以的路人脸上的表情则从嫉妒变成滑稽的惊慌。

盾牌是否能够承受宝剑的攻击几乎完全取决于其材料。几个学生的盾牌是用圆形塑料雪橇板做的，它们完全不是"王国之剑"（Oooh-ha-ha！）的对手。塑料盾牌在"撞击测试"中会裂开，然后在"戳刺测试"中，宝剑会穿过裂缝。金属垃圾桶盖做的盾牌可以在"撞击测试"中幸存下来，还会发出动听的铿锵声，但在"戳刺测试"中，它们很容易被锋利的剑刃刺穿。我没想到的是，由各种木材制成的盾牌效果最好。其实这很容易理解，因为古希腊人就是用木材来制作盾牌的！只有亲眼看到，你才会明白。

"撞击日"非常成功，我唯一希望的是，学校的保险政策允许学生攻击自己的盾牌。当然，我最后将颜色最好看和最厉害的盾牌挂在了教室墙上，一看到它们，我们就想起历史课，想起"撞击日"和"王国之剑"（Oooh-ha-ha！）

教育是一件可敬的事,但要时刻牢记,没有什么值得知道的事是教得会的。

——奥斯卡·王尔德(1854—1900)
爱尔兰诗人和剧作家

无法衡量之物的价值

即使我们取得了如此多的科学成就和医学发现，人类的大脑及其工作原理在很大程度上仍然是个谜，而这最终影响着教育政策和我们教导孩子的方式。

任何商业顾问都会告诉你（我有一个好朋友也说过一模一样的话）："如果你不能衡量一样东西，说明你不知道它是什么。"然而，世界上有如此多无法衡量的东西，比如好奇心、想象力、教育过程、人们复杂的学习方式和人类大脑的实际运作——没有人知道如何量化它们，以及是什么在驱动它们。

难怪最简单的教育方式是盲目遵从国家批准的每个科目"脚本"，让学生能够通过衡量他们对这些脚本的理解的考试。

一个困惑的老师可能会问："谁在乎学生是不是在

发呆?还有不到一年他们就不是我的麻烦了,而我仍然拥有我的工作。"

佛教中有一个说法:"太迫切地想要实现一个目标,往往会适得其反。"被迫向学生施以应试教学的老师只会看到学生的成绩不断下滑。这证明,佛说得对。

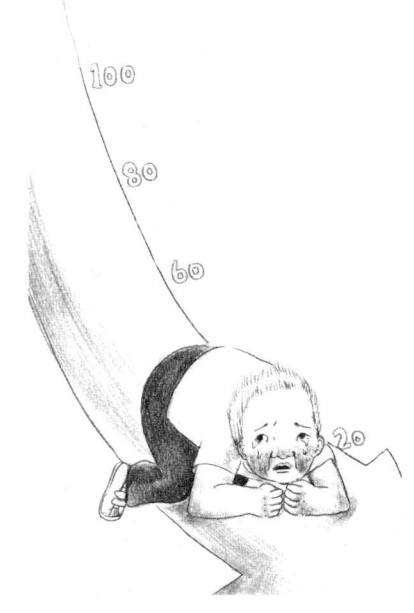

2011年夏天,我在华盛顿特区的一个叫作"拯救我们的学校"的集会上,为老师们朗诵《老师有何用》。那是七月份的一个星期六,天气炎热。与我一同登台的还有丹妮·里威奇(Diane Ravitch)和乔纳森·科佐尔(Jonathan Kozol)等教育思想家。但观众最期待的演讲者却是演员马特·达蒙(Matt Damon)。近年来,他已经成为万千教师最拥戴的人,他也是公众教育的倡导者。在他的母亲南希(一位研究幼儿教育的教授)对他进行了简单介绍之后,达蒙谈到了公立学校教育与他的渊源:

> 回首我的人生,我发现,我最看重自己的地方,是我的想象力、我对表演的热爱、对写作的热情、对学习的热爱,以及我的好奇心——所有这些都来自我父母对我的培养和培育。所有这些品质,这些我珍视的品质,这些带给我无上喜悦、让我在事业上如此成功的品质,都无法用考试来衡量。

如果我们赋予教师充分的自由，让他们以他们认为最好的方式来教育学生，他们将能够设计出最有用的教学计划和活动，鼓励学生热切地追求知识，培养学生的好奇心。他们会像我一样发现，同时接收不同的知识，比一次只专注于一项活动进步更快。比如，一边记忆数学概念（或者画水彩画，学习新乐器，种鳄梨树，学骑自行车），一边学习外语，比单独学外语要容易。我不知道为什么，我只知道事实就是这样。老师们也知道。老师有何用？老师运用他们的知识来塑造学生（如果他们有这样的自由）。

也许教育最重要的价值是让你做你应该做的事情,不管你喜不喜欢。

——白芝浩(Walter Bagehot,1826—1877)
英国经济学家,散文家和评论家

下课之前,任何人不得以任何理由离开教室

在我教中学的第一年,我发现,当课堂开始有些乏味或紧张时(也许是学生午餐的活跃惹恼了我),学生们会想要喝水或去洗手间。作为成年人,我们在会议或派对上也会做同样的事情。有时我们就是不想待在那里,所以我们寻找各种机会逃离。[1] 谁没有找过借口来摆脱尴尬或无聊的局面?不过,我的学生仍然需要明白,尽管你不喜欢,但人生的大部分时间都要用来学习和做你必须做的事情。所以我制定了一个政策:任何人永远不得以任何理由离开教室。尤其不准因为

---

[1] 我当老师的时候,手机还不像现在一样普及,所以我从未在课堂上发过短信。学校的一名护士和我分享了她处理这个问题的"魔鬼策略":每当她没收到一部手机时,她会给手机主人的所有朋友发一条信息:"赶紧编个借口离开课堂,来护士办公室见我!"然后,她在办公室里等着自投罗网的学生。——原注

喝水离开教室。我在男女混合的学校教书时，曾经给女孩们开过几次绿灯。但在男校，整堂课学生都必须服从我的命令，任何人不得在下课之前离开。

我并不是对他们刻薄，也不是为了给他们上一堂严肃的人生课。而是因为，课堂上最精彩的火花往往出现在你最不经意的时候！如果某个学生仅仅由于短暂的走神或因为感觉不自在而离开，错过了这样的时刻，那会是一个巨大的遗憾。很快，我的学生不再要求中途出去。无论课上发生什么，他们都会等到下课，即使不愿意，他们也会调整和适应。这就是我想看到的结果，以及想要教会他们的第一件事。

我从未让上学耽误我的教育。

——马克·吐温（1835—1910）

美国作家

我的错（真诚地道歉）

做错事时如何道歉不会出现在任何国家的课本中，但是，说抱歉是一项绝对必要的技能和艺术。毫无疑问，这是我要教给学生的重要一课。

我和学生练习道歉，讨论冒犯、幽默、敏感和悔悟的细微差别。有些人可能不同意，但我认为，以"我应该向你道歉"开头的句子其实不是道歉。如果你欠一个人钱，你不会认为承认欠钱等于偿还了债务。你需要真正把钱还清。你需要实际说出"我很抱歉"，前后不加任何限定条件。这意味着你不能说"如果我的言论冒犯了任何人，我道歉"。这是一个政客式的道歉，而不是一个真诚的道歉。也不要用那个已经用滥了的借口："我只是在开玩笑。"如果你是开玩笑，那么每个人都应该笑。在恶语后面加上"我只是在开玩笑"，或

"开个玩笑",并不会真的使它成为一个玩笑。

瑞恩是我的一个学生,上六年级。他活泼又聪明,但脾气暴躁。不过大部分时候,他能够控制自己的情绪。想象一捆炸药,保险丝很短,但浸过水——它不容易点燃,但如果点燃会很危险。和他同班的几个男孩偶尔会玩一个游戏:看谁能够让瑞恩爆炸。瑞恩发火的时候会打人,这时就会有人受伤。受害者经常是一个名叫巴特的孩子,但公平地说,巴特打架也很厉害。有一次他俩打架被我抓住,巴特原本可以坐下来,一边假装啜泣,一边小声地说他很规矩,没有做错事。但他没有。当然,双方都需要道歉,但巴特给瑞恩的道歉最有用,也最诚恳:"对不起,我挑衅你是因为我觉得这样做很有趣。我保证不会再这样了。"他的道歉将对话从结果转向了原因,让两个人都开始反省自己的不足。这是一堂不会出现在任何考试中的课,却也是一堂所有人都需要不断温习的课。包括我自己。

MEG：马里的电子成绩册

如果单说苹果电脑，那么我还算是一个精通电脑的人。1985 年我就有了我的第一台 Mac，此后我再也没用过其他电脑。所以开始教书以后，我一直使用 ClarisWorks 电子表格来记录学生随堂测验、考试、论文以及其他作业的成绩。我痴迷于公式、单元格和这种处理数字的方式。从前，这些烦琐的工作让我不得不工作到深夜，而有了电脑之后，我的工作就轻松多了。不过，当我和学生见面，讨论他们的进步时，我还是需要在白纸上写写画画。我不能让他们看到我的电子表格，因为上面有其他同学的成绩。还有一个办法是，将电子表格打印出来，然后切成长条发给学生。一个数学老师告诉我，我不应该使用电子表格，"你需要的是一个数据库"。

在常规课堂教书的最后四年，我发现了一个名叫FileMaker的数据库应用程序。我用它设计了一本电子成绩册，这不仅彻底改变了我记录成绩的方式，也改变了我与学生的互动方式。数据库就像一个电子表格，与电子表格唯一的区别是，它不是始终呈现所有的信息。你可以对布局进行自定义设置，使其仅包含你需要的内容。你可以通过点击不同的布局，轻松获取不同种类的信息。当然，我根据自己的需要设计了我的成绩册，但由于我希望它也能帮助其他老师，所以一开始，我使用了一些我认为适用于大多数老师的基本元素。

我假设大多数老师使用单项分数的加权平均值作为每个学生的最终成绩，对于课堂参与、出勤、迟到和行为等留一些"浮动空间"。一些分数可能本身就是平均值，例如作业平均分、测验平均分、论文平均分和项目平均分。老师可以调整程序，让其中一些作业占较大的权重，然后决定每一项平均值在整体成绩中的比重。我的电子成绩册被学校的几位老师所采纳，它从几个重要的方面改变了我给学生评定成绩的方式。

首先，它让我能够轻松跟踪学生整个学期的进步，而不是等到提交分数一周前，连续数晚熬夜进行数字运算，才发现一些学生有几次根本没交作业。电子成绩册让我从一开始就能"掌控全局"，因为它不但方便，而且有趣。我经常邀请学生来看他们自己的成绩布局。我通过运行不同的脚本，让他们知道他们必须在章节测验和期末论文中得多少分，才能保住"B+"。这样做的结果是，面对期末成绩时，再也没有人感到意外：我的学生知道自己会得多少分，他们的预测有时能精确到小数点。

打分是一门带有主观色彩的艺术，取决于科目和作业类型。作为老师，你需要能够解释为什么一份作业不及格，另一份作业刚刚及格，而第三份作业是良好,甚至是榜样。这对我来说是小菜一碟——我通过评语或者一对一的讨论向学生说明。而公布总成绩的时候,我的电脑通过精确的计算,帮助我避免与斤斤计较的学生长时间地争论:"总平均分86.142857,毫无争议的B。祝贺你!下一个!"

所有老师在期末时都需要为每一名学生写叙述性评语(仅评述综合成绩和学生的努力情况),电子成绩册的使用让这项工作大为改观。大多数老师都会以一个样板段落开头,比如本学期学习了哪些课程,然后用一个单独的段落专门评价学生的进步和成绩。我不一样。我使用数据库的各种合并功能,针对每个学生创建一份个性化报告。学生家长和学校领导都很好奇我如何能够如此快速地做如此多的分析。

事实是,电脑程序替我完成了烦琐的"模式识别"工作,我所要做的只是告诉它要查找什么样的模式,以及找到后要反馈什么样的评语。例如,如果某个学生随堂测验平均分高,期末考试平均分低,那么很可能他考试时过于紧张,或者作文没有写好。反过来(随堂测验平均分低,期末考试平均分高)则说明这是一个聪明却懒惰的孩子,他平时不认真做家庭作业,考试之前临时抱佛脚。我花了很长时间来编写模式识别代码和所谓的"梗概式评语",然后进一步分析和使评语个性化。因为显然,不是每个得72分的学生都应该得到相同的评语,评语取决于他/她从期中到期末的表现。进步趋势是关键。因此,计算机程序酌情给出的梗概式评语主要取决于两个因素:学生的期末成绩是高于还是低于期中成绩,以及该差异是飞跃式的、显著的,还是不明显的。

在这个例子中,技术使我成为更好的老师。我喜欢使用它,它让我更迅速地回应学生的进步,更准确地找出需要改进的领域。别弄错,使我成为一名更好的老师的,不是考试和评分,而是技术。它让我能够

回应每个学生的表现,从而制定更有效的策略。幸运的老师会找到适合的技术,让自己变得更好。

四舍五入

我的评分程序让我重新反思了"四舍五入"概念。我意识到,舍入数字是一个草率的发明,发明者迫切地想让计算变得更容易。但电脑不需要使计算更容易。那么我为什么要简化计算呢?这样做还有必要吗?我意识到我不需要。如果90分可以得A,你的平均分是89.5,它不是90,对吗?学期结束时,每个学生都在数月的学习中累积了多次成绩,除非让某个特定项目——某次随堂测验或考试占总分的很大比重,否则期末成绩很难改变。你想通过四舍五入得到一份本不属于你的"礼物"吗(因为25年前,大多数老师都会这么做,只为使自己的工作更轻松)?我可不同意。

该系统的发明者应该被列为学习与科学的最佳贡献者之一，甚至可以说是人类最大的恩人。

　　　　　　——约瑟亚·布姆斯特德（1797—1859）
　　　　　　　对黑板发明者的评价

老师让技术发挥作用

我极力提倡老式记忆,我也许是它的最后一批推崇者。通过背诗我发现,记忆就像肌肉,用得越多,越强大。所以在我的每一堂课上,不管什么科目,我总是要求学生记忆很多简单的知识。无论是 1 到 20 的每个数字的平方,还是罗马帝国衰落的原因,抑或是一首简单的诗(我让学生在全班同学面前背诵)。我的所有课上都有关于记忆法的迷你课程——一个开发或改进记忆的系统;而且在许多课上,我都要求学生创建自己的闪存卡。

在 FileMaker 中创建和调整 MEG(马里的电子成绩册)时,我注意到,文件可以被指定为单用户或多用户文档。这意味着几个人可以在同一时间修改它,比如我的所有学生。我开心极了。现在,只需要有个适合的项目，我就可以使用这个功能了。是用在历史课上还是数学课上呢？我决定用 FileMaker 来帮助古代史课上的学生开发一个可无限扩展的公用闪存卡，他们可以用它来复习，为下次考试做准备。

在古代史考试前的两个晚上，我要求学生自己设计 15 道复习题，并将它们带到课堂上。而我自己则在设计电子面板：一个按钮用于创建新卡，另一个用于评估每个问题的难度级别。最后还有一个"NEXT"按钮，点击它会自动切换到只有问题的页面，并转到下一张卡。我截了几张图，在第二天的课上向学生们展示，让他们提前熟悉。

那一天终于来了——全班同学去计算机实验室创建闪存卡。每个人都带了他们的问题和答案，当我告诉学生，他们可以开始输入他们的复习题，教室里充满了美好的沉默。信息技术主任戴夫·史蒂文森看着我，我们笑了起来。"那就是成功的声音。"他小声说。

没有人对要做的事情有任何疑问，也没有人打扰其他人。每个学生都有一个可管理的任务要做，并且迫不及待地想要完成它。很快，学生们发现，多人同时操作时，闪存卡的增加速度比他们单独工作的速度快十倍以上。每人输入几个问题后，总卡数迅速超过30！他们开始阅读彼此的问题，修改和完善自己的问题。

快下课时，学生们都在点击面板，调整和编辑问题，看看自己知道多少答案。他们也在评价每张卡片的难度，并就"怎样的问题才是好问题"展开讨论。在他们离开之前，我向他们展示了最终的页面，上面列出了所有最好的问题及答案——共有200个左右，字体虽小但清晰可辨，一两张纸就能装下。不是一张闪存卡，而是一份包含所有问题及答案的清单。每个同学都要带一份回家复习。

回想起来，那个项目的成功有几个重要的原因。首先，我们有效地使用了这项技术，因为我们事先做了很多准备，并且每个人都知道自己的任务。其次，所有人都在同一张闪存卡上工作，因此这是一个集体项目，其动力来自无私和慷慨。学生为自己的问题感到自豪，并用能展示自己学识的语言彼此称赞。它还为学生提供了一个安全和匿名的方法来衡量他们在考试前一天对教材的熟悉程度；而那些答不出问题的学生意识到，他们需要多花点时间学习。最后要感谢学校为我们提供了一个如此棒的计算机实验室，让每个学生都能分到一台电脑。虽然这是学校应该做的，但并不是每个学校都能做到，即使是私立学校。我的学生很幸运。

历史不会重演,但总是惊人地相似。

——马克·吐温(1835—1910)

美国作家

思前想后：教室后面的时间轴

中学是培养孩子的好时机，因为这个年龄的大脑开始适应抽象思维。我在教八年级的英语时，经常让学生写一两个段落，假设这些段落会出现在一篇假想的五段文章中。几年后，我在六年级的历史课上也试过几次，学生们总是在问什么时候交完整的文章。他们无法理解既然永远不用交完整的文章，为什么要写它的一个正文段落。这个有利位置——孩子思维发展过程中的"前排座位"——经常产生见解，帮助你改进教学和激发学生的思维。

我教古代史的时候，教材的第一章讲人类最早的祖先——人属的各个种类，以克罗马努人（Cro-Magnous）以及我们的表亲尼安德特人（Neanderthals）结束。之后的每一章都以粗略的时间顺序介绍了不同

的古代文明，从古代苏美尔开始，接着是埃及、中国、非洲和美洲的文明。内容引人入胜，我的学生和我一样喜欢这门课。但我发现中学生的时间思维存在一些问题：每一个学生都以为，古代中国的所有历史都发生在古埃及历史很久以后。他们觉得不同的事件不可能在同一时间发生。他们想，二月份的中国和十月份的埃及怎么能一样呢！他们根本没有注意两章中的日期是一样的——以元时间的形式。学生认为，先学的内容就是先发生的事情。

发现这个问题后，我在教室后面的布告栏上做了一个12英尺长的时间轴，左起公元前3100年（大约在同一年，纳尔迈国王统一了上下埃及），右至公元410年（西哥特人洗劫罗马）。我以厘米为刻度，精心画出了3500年的时间轴，并做了清楚的时间标示，最后用透明胶带保护。最开始，这是一条跨越3500年的空白时间带，上面没有记载任何事情。

接下来，每学习一个新的古代文明，我就会在时间轴上粘一个便利贴，写上大事件和重大成就，简要地描述事件并注明年份。我用的是"报事贴"（Post-it），它和一条口香糖差不多大，我把一端剪成箭头形状，以便更准确地将它放在时间轴上。每次课结束时，大约有六个事件需要粘贴到时间轴上。这是一项令人垂涎的光荣任务。由于事件写在便利贴上，所以一个班离开后，我将它们从时间轴上取下，以便上同一门课的另一个班级可以重复这项任务。最后，我用透明胶带将所有新事件永久地粘在时间轴上。

事实是，我从来不是一个痴迷于日期的老师。当然，考试时你还是得写出几个。我的真正目的是让学生知道，历史无时无刻不在发生——在同一时间，在世界上的任何角落。从来都是如此。真正的学习不在于学生在时间轴上的正确位置贴上贴纸，而是他们注意到同一个时间点已经发生过其他事件——在前一章或前两章中。大规模火山爆发的影响？铁兵器和字母的传播？我记得有个学生在思考了一千年的历史之后，睁大眼睛问我："十诫是否受到了汉谟拉比法典（Hammurabi's Code）的影响？"这是我听到过的最好的问题之一。当然，它只有一个答案："你怎么看？"

我们靠所得来谋生，但靠给予来创造生活。

——温斯顿·丘吉尔（1874—1965）
英国首相

老师得到什么：来自家长的礼物

没有人当老师是为了致富。人们选择这个行业都是出于其他原因，其中绝大部分是无价的（要么因为多少钱都买不到，要么因为完全没有货币价值）。多年以后，拼写错误滑稽的感谢信，节日派对上家长带有醉意的告白，以及孩子们的欢笑……这些美好的福利不会出现在任何人的合约中。对了，还有节日礼物。

并不是所有老师都会收到节日礼物。一些学校禁止家长给老师送礼物，还有的老师为了避嫌，拒绝接受礼物，或者只接受自制的礼物。当然，一些家长甚至没有钱给自己的孩子买礼物，更别说买给老师了。但是，你总会收到一些莫名其妙的礼物，而且还会"爱不释手"。就像一个学生送过我一瓶西方麝香古龙水，它是我闻过的最臭的香水，我把它放在桌子抽屉里，

作为一种特殊的惩罚。如果有学生没有预习,他的胸前将会散发西方麝香的味道。这种气味成为了"不预习"的代名词,这个惩罚方式我用了好多年。每当学生在走廊里嗅到一丝"香气",他们就会起哄:"啊哦,有人没预习!"

我从教生涯中收到的最好的节日礼物和纽约一家名叫"四季餐厅"的双人晚餐有关。那是一家豪华餐厅。礼物来自一名叫利亚姆的六年级生,他成绩很差。礼物不存在"贿赂",因为他的父母和我都很清楚,我的这门课利亚姆能否及格,完全取决于他自己。此外,我的太太当时是厨师,我们正在慢慢探索纽约最好的餐厅,我们称之为做"研究"。

12月中旬的一个星期五晚上,我和我太太享用了一顿大餐——七道特选佳肴搭配葡萄酒。那天晚上,我给利亚姆的父母匆忙写了一封感谢信。我不记得信中的每一个字,但我记得我打趣说,我原本想点一瓶

1800美元的葡萄酒,但我又怕你们不够慷慨,所以最后没点。在感谢信的末尾,我说我希望看到利亚姆下学期能有进步。大约一个月后,我在老师休息室的信箱里发现一张纸条,说前台有我的一个包裹。

你肯定认为利亚姆的父母给我送了一瓶1800美元的葡萄酒。大多数人在听我讲这个故事的时候,都以为包裹里是那瓶昂贵的葡萄酒——这样才符合故事的主线,虽然有些招摇。但你们猜错了。在前台等待我的东西包装精美,像一张框起来的毕业证书那么大。里面有利亚姆妈妈的一张纸条:"亲爱的马里先生,非常感谢您美好的感谢信,我们非常喜欢它,于是就把它装框了。现在回送给您,祝您新年快乐!"果然,包裹里是我自己写的感谢信,他们十分专业地搭配了一个互补色的哑光边框,外面是带有UV涂层的博物馆级的保护玻璃。

这是什么意思?!是想用我的感谢信侮辱我吗?他

们真的以为一顿花哨的晚餐就能让儿子顺利毕业？更重要的是，有哪个精神正常的人会给感谢信装框？！就算是总统或教皇写的感谢信，就算他们真的喜欢它到要将它裱起来的地步，那为什么要还给我呢？我突然觉得利亚姆的父母是傻子。或者，他们认为我是傻子。

遗憾的是，利亚姆在我课上（其他课也一样）的表现变得更糟了，他下学期不能来上课了。我真的很遗憾没法帮助他。我也很后悔没有保存那封装了框的感谢信，我至少可以将它放到一个玻璃盒里，连同那张卡片，寄回给利亚姆的父母。

狠狠回击对老师的攻击

老师经常受到诋毁,我一点也不感到意外。

我们所生活的国家充满了无节制的贪婪和欲望,每一样东西、每一个人都在被缓慢地无情压榨,以便最大限度地增加小部分人的收入。这部分人为追逐短期利润,牺牲可持续和公平的长期增长,更别说环保了。任何涉及"公平""责任""共同利益"的提议都会被贴上"社会主义"的标签,然后被直接驳回。政府的目的之一是通过法律来实现公民个人无法实现的集体利益,但由于缺乏手段、权威或意志力(即使为了公民的最佳利益),政府常常被指责为"自不量力",因而无法实现上述目的。在这样的环境中,那台贪婪的机器将目光瞄准老师也就不足为奇了。

唯一令我惊讶的是,有人竟然用"懒惰"和"贪婪"来描述老师。只有对教育一无所知的人才会说出这样的话。当然，老师本身也可以做更多努力，让全世界知道自己的职业并不轻松。但坦白讲，老师有实际工作要做，而且很多，所以他们并没有太多空闲时间。每当我听到有人在电视上谈论当老师如何轻松时，我都很想让他们亲自当一年的老师，看看他们能坚持几天。当然，这对学生不公平。这样的无知之人会得到教训，如果拍成真人秀，一定会大受欢迎，但坐在课堂里的学生时间宝贵，他们不应该成为牺牲品。当然，的确存在不称职的老师，全国很多教室里的学生应该拥有更好的老师，得到更好的教育。

有一个事实我从来没听有人在电视上谈论过：课堂上的每一个小时都需要课下至少一个小时的准备。所有我认识的老师都是如此。所以，下次听到有人说老师每天只工作寥寥数小时时，请将数字乘以2。老师们需要花这些时间来开会、制订计划、备课、学生测

评、批阅作业和论文,还有辅导。所以,假设老师早上八点到学校(据我所知,很少有老师这么晚才到校),下午三点离开(同样,我从来没见过有老师这么早就回家),乘以2的话,这其实是一个14小时的工作日。的确,在学校的7个小时并不是都在上课,但如果算上花在行政和部门会议上的时间、指导学校其他活动的时间以及通勤时间,老师们白天几乎没有时间吃饭,也没有时间陪伴家人,更不要说睡觉了。这样繁重的工作并不是人人都能承受的。

由于工作日没有足够的时间备课,老师们只能将大部分的规划和准备工作放到暑假,以便开学后可以专注于学生测评、批阅作业和辅导。我的姑姥姥教了40年书,我记得每到暑假,我总是看到她在准备上课用的材料。几年后,我自己也成了一名中学老师。我得花整整一个月的时间,检查上一年的作业,调整考试、测验和其他任务的安排。我会思考秋季开学后,我应该什么时候布置第一篇论文,以便及时将初稿返给学生,让他们能够在10月份放假之前将修改稿交给我,这样我就可以尽快打分,以此为依据写他们的期中报告,而不需要参考他们的考试、测验和作业平均分。这只是教师在暑假要思考的几十个问题中的一个——我的意思是,一个老师要上五门课,每门课都要思考几十个问题。如果开学之前没有准备好所有的东西,那就只能祈祷上帝保佑了。

校内工作7个小时、校外工作7个小时的另一个结果是:老师们心力交瘁,纷纷辞职。全美有50%的教师在五年内辞职。繁重的工作与微薄的工资实在不成比例。而在芬兰和韩国等国家,教师更替率仅为3%,他们的学生在国际学力测验(比如PISA[1])中的成绩一

---

[1] PISA(Program for International Student Assessment),即"国际学生评估计划",是一项由联合国经济合作与发展组织(Organization for Economic Co-operation and Development,OECD,总部设在巴黎)统筹实施的一项国际性学生学业成就的比较调查项目。

直稳居高位。低廉的工资正在伤害这个职业。说老师"贪婪"无异于伤口上撒盐!

说老师贪婪等于说投机倒把者无私——都是颠倒黑白,都是谬论。全国教师每年自掏腰包十多亿美元,用于购置学校预算之外的重要课堂用品。这难道是"贪婪"吗?老师们的确有暑假,但除非他们的伴侣收入可观,否则大多数人整个暑假都得工作,才能维持生计。事实上,很多老师从事第二职业只是为了生存。怎么还有人说得出"贪婪"二字?!

我记得,在我离开讲台大约一年前的一个发薪日,和以往一样,我哀叹眼前的数字甚至没有包含一个逗号[1]。我将会计核算室给我的信封中的支票和收据分开,收据和支票差不多大小。我将支票放进钱包,正打算将收据撕碎,我的一个学生斯蒂芬·帕森斯走进了教

---

[1] 英文数字每3位一个逗号。

室。"嘿,马里先生!这是您的薪水吗?"他问我。我没有回答,当着他的面撕碎了收据。当然,斯蒂芬绝不会知道我撕的是收据,因为它和支票一般大小。虽然我没有回答他的问题,但斯蒂芬相信我刚刚撕的是支票。为了再把玩笑开大一点,我望着他的眼睛,说:"我当老师不是为了钱,斯蒂芬,我当老师是因为我热爱这份职业。另外,那点少得可怜的数目根本不叫钱。"尽管我极力向斯蒂芬保证我在开玩笑,但谣言很快传开,说我是一个纽约望族的唯一继承人。我身家可观,根本不需要为生计而工作,我选择当老师仅仅是因为热爱。

没错,我们教书不是为了钱。人们选择从事这份职业,是因为他们想要改变孩子们的人生。老师做什么?老师做出牺牲。每一天都在做出牺牲。我们尽自己所能维持生计。我们是受过教育的专业人士,我们对工作充满热情。我们不像卡车司机或保洁人员那样强壮,也许这正是我们受人摆布、收入还不及卡车司机和保洁人员的原因。教师一般不会罢工,即使我们罢工,垃圾也不会很快在货品旁边堆积如山。有时我真希望老师们罢工,这样人们才会要求政府立即做出改变。

最好的老师最后去了哪里？

每个人都需要一个好老师，最好的老师应该去那些最需要他们的地方。遗憾的是，现行制度并非如此。只要我们继续把公立学校的经费与地方财产税挂钩，那些薪水最高的教学岗位将会一直存在于最富裕社区的学校，而填补这些岗位的将是那些最有经验的老师。与此同时，那些位于没有财产税来源的社区的学校，只能聘请缺乏经验的新老师。他们会在一年之后跳槽，要么去另一个地区，要么换一份职业。几乎没有例外。

我们要帮助人们认清老师这份职业是否适合他们，他们是否天生当老师的料。我遇到过几百个本可以成为优秀教师的人，他们有天分、有魅力让孩子们专注于一项具体的任务，但他们没有机会从事这份职业。因为他们在生活中遇到了困难，比如要养家糊口，没有机会完成学业。大多数州都有变通授证[1]的项目，通过此类项目获得执业资格的教师数量逐年增加。我们应该尽可能推动这一趋势。

让我们来谈谈优秀老师应该具备哪些素养，以及这些素养能否被传授。培训教师最有效的方法是把他们放到教室里，看他们上课。那些直到学位课程快结束时才让学生上讲台的大学完全是误人子弟！就像把宝宝放在水中，看他会不会游泳。如果宝宝有天赋，再教他如何游得更好。相反，如果宝宝像要溺水，那么把他抱出来，帮他擦干，然后鼓励他尝试其他事情。

有什么理由诋毁老师？

> 一个人如果对教育不存有一丝温和的蔑视，那么他的教育是不完整的。

---

[1] 即未参与师资培育课程，而是先担任教师，再接受在职训练。

吉尔伯特·基思·切斯特顿（1874—1936）
英国作家

教师永远是被批评的对象。我理解并接受这个现实。至少，这样的批评是切斯特顿口中的"受过教育的人必须有的'温和的蔑视'"。这是不可避免的。为什么呢？因为教育的宗旨使教育本身成为容易受到攻击的对象。它们是如此高贵和高尚，如此无可争辩地乐观——提升孩子们的心智，使他们拥有更光明的未来。而现实是，几乎所有的努力都是徒劳。教育应该达到的目标和实际达到的效果差距如此之大，以至于让教育工作者成为笑柄。人类喜欢悄悄欣赏高傲的理想主义者的失败。而且，由于教师（至少在理论上）背负着最高尚的理想主义的使命，所以他们常常成为靶心。连带课堂也备受诟病。

不可否认，美国到处都是低效的老师。每个职业都有懒惰的人。但由于某种原因，整个国家有关教育的谈话总是围绕着系统中最糟糕的教师。可能是因为拿他们取乐很有趣——懒惰、无能又无知的老师用中指心不在焉地指着黑板，全然不知学生为何哄堂大笑。我知道了！教育批评人士想让这些人成为典型，假装他们是全世界教师的代表，以此来证明整个制度有不可修复的缺陷，应该彻底报废。

我们需要的是一套全新的组织原则，用优厚的待遇吸引那些有能力的老师去最贫困的地区。经验丰富还不够，在郊区教了30年数学的老师，去到市区的学校可能撑不过一年。在最苛刻的条件下，老师需要具备一定的技能才能发挥效用。然而，只有丰厚的回报才能吸引具备这些技能的人去最需要他们的社区。这可能意味着一名资历较浅、在市区教书的老师，比一名郊区的资深教师挣得多。我对此没有意见，但是很多人无法接受。

师徒制的重要性

研究生毕业一年多的时候,我在缅因州波特兰及其周边当代课老师。任何一个当过代课老师的人都会告诉你,这工作简直苦不堪言。由于正式教师不指望我具备任何课程方面的知识,因此我的工作无非是监考,或者在教室的录像机或 DVD 机上按"播放"键。由于我不知道任何学生的名字,我很难维持任何形式的秩序。那些将老师称为"光荣的保姆"的人,实际上(或应该)在说代课老师。然而,即使如此乏味和令人沮丧,代课生涯仍然让我积累了宝贵的课堂管理经验。每个老师都应该有一段这样的体验。

但即使我在大学学过相关课程,并且拥有代课经验,当我准备接受科德角一所学校给我的第一份"真正的"教学工作时,我还是很紧张。我教八年级和十一年级的英语，还负责辅导十年级、十一年级学生的SAT考试。好在学校并没有把我扔到教室里让我独自摸索，他们给我安排了导师——人文科学系的系主任里克·贝拉米。他有近20年的教学经验。我每周见他一次，给他看下一周的教学计划，他给我提供建议。直到今天我依然认为，和里克每周45分钟的交流，收获远远多于我在大学上过的任何教学规划课程。

作为老师，如果你没有精确的时间感，你会遇到两种情况：铃声响起时，你非常恐慌，因为你才完成当天的一小部分教学任务；或者你上完了课程计划中的内容，却发现还有很久才到下课时间，你望着满堂无所事事的学生，不知所措。里克·贝拉米在看过我打算上课前10分钟进行的一项简单活动后告诉我，这可能需要20分钟。而对于其他活动，里克会说："这只要5分钟就能完成，剩下的时间你打算怎么办？"我记得，我在与里克会面前做的功课，一点也不比为上课所做的准备少。

我很幸运。每个新老师都应该有一个像里克这样的导师。我有过这样的设想：减轻老教师的课时负担，让他们有时间带新老师，并让这种做法成为惯例。比如退休前的五年，老教师担任全职导师，经常视察指

导新老师的班级。这难道不是最优雅的过渡方式吗？让资深教师数十年的经验得到最有效的利用。

课堂观察非常有价值，几乎所有学校都将其作为指导和评估教师的重要方法。遗憾的是，正如大多数新老师会告诉你的，很少有学校在课堂观察方面能真正达到其设定的标准。在执教的第一年，只要新老师的课堂上不是每天发生烧书或者打架事件，学校最多安排一次课堂观察。之后就更不用说了。

在我的教学生涯中，我总是能在下课前刚好完成教学计划——返还并点评前一天的家庭作业，过渡到新内容，讲解知识点，告诉学生单元测验将以何种方式进行，提醒学生第二天要交的作业，解答学生的问题。最后，扫一眼教室时钟上的秒针，说："这节课就到这里，下课！"铃声响起，一切恰到好处。我很幸运，这毋庸置疑，但运气青睐有准备的人。而这一切，都归功于像里克·贝拉米这样的导师。

我不是老师,我只是一个你可以问路的旅伴。我指向前方——在你的前方,也在我的前方。

——萧伯纳(1856—1950)
英国剧作家、评论家和作家

那些影响过我的老师

如果说有过一位真正特别的老师就算幸运的话（我是这么认为的），那我简直是超级幸运了。许多人说，从来没有一个老师对他们的人生产生过真正的影响，而我的老师中却几乎没有平庸的，更不用说糟糕的了。有可能我特别愚昧无知，但我清楚一个事实：我无比幸运——过去如此，现在亦然。我记得大部分老师的名字，从我的第一位老师基斯林夫人，到我在研究生院的所有教授。他们都很出色。但我想重点说三位。

凯特·米隆兹是我在联合学校（Collegiate School）——纽约的一所私立男校——的老师，她教四年级。那是她到联合学校的第一年，但是我猜她之前在其他学校工作过几年。凯特每天至少给我们朗读一个故事，所有学生围坐在她旁边，像层层叠叠的同心半圆。

我记得她给我们读过一个佛祖的故事，说他 30 岁时是怎样的，那时的佛祖还未目睹人类受苦。读完后，她把书放下，抬起头对我们说："他见到痛苦之前，正是我现在的年纪。大家想象一下。"可惜，我们所有的关注点都放在了她无意中透露的年龄上："老师竟然 30 岁了！"凯特·米隆兹对我的影响来自她对我的爱，因此，为了不让她失望，我会尽力将一切做到最好。比如更努力学习，更遵守纪律。米隆兹夫人，你影响了我的人生。

杰罗姆·迪斯是一名研究文艺复兴的学者，也是堪萨斯州立大学（Kansas State University）研究生部的主任。这意味着他熟悉我们所有人，包括不是他班上的学生，比如系里的几个诗人和小说作家。杰罗姆是布偶秀（The Muppet Show）乐队的吉他手，长得有点像阿不思·邓布利多[1]和弗洛伊德·佩珀[2]的组合体。

---

[1] 系列小说《哈利·波特》的主要人物，霍格沃茨魔法学校校长。
[2] 布偶秀乐队里的一个布偶形象。

几乎每天下午他都会在校园里慢跑。显然，跑步让他精力充沛，尽管他年事已高——传言说他150岁了。我们见过很多次面，他让我爱上说明文写作，尽管我们有时也讨论进口啤酒。在他的指导下，我的写作风格变得超清晰、超有条理，这让我受益无穷，甚至影响了我的诗歌写作。杰罗姆总是很尊重学生的想法。我永远忘不了他提问的方式，他问完问题会停下来说："回答不出来没关系，我也答不出来。如果我知道问题的答案，这不就成测验了吗？"他不愿让我们难堪。杰罗姆是第二个影响我人生的老师。

在我心里，最伟大的老师是约瑟夫·安杰洛，他是我五年级和六年级的英语老师，也是我在联合学校的班主任。我们叫他"D博士"，因为他拥有博士学位，研究符号学、沟通和文化。更加让我们膜拜的是，他是冲绳空手道的黑带。他还会唱歌剧！唱歌剧！他很聪明，知道如何鼓励我们学习，同时，他魁梧的身材让我们不敢造次。他有极高的文化修养，高到能把知识唱出来！我在说明文写作方面的大部分知识都来自他教我的那两年。15年后，在给大一新生上作文课时，我听到自己重复他的格言："告诉他们你将告诉他们什么，然后告诉他们，你告诉了他们什么。"多年来，我一直和约瑟夫保持联系，我甚至根据他与同事们之间往来的电子邮件写了一首诗，讲述他为了让学生能够使用图书馆而做出的努力。

我要为你们争取图书馆

献给我的恩师约瑟夫·安杰洛，五年级英语老师，博士，黑带

I.

收件人：图书管理员，克拉丽莎·勒纳

克拉丽莎女士：

我听说我下周在图书馆的课程被取消。我想知道有什么人和/或什么事比学生查阅资料更重要？

II.

收件人：教学系主任理查德·布莱克斯通博士的秘书，南希·德夫林

南希女士：

图书管理员告诉我，布莱克斯通博士下周要"预订"图书馆，开一个有关"设施利用"的行政会议，导致所有计划在图书馆上课的班级不得不换地点。这是不合情理的。学术指导比行政会议重要。就这样。作为教学系的主任，布莱克斯通博士竟然为了召开一个名为"设施利用"的会议，取消学生的图书馆课程，这样的做法极不明智且

充满讽刺。我无法理解。

III.

收件人：教学系主任，布莱克斯通博士

自以为是先生：

恕我直言，我不认为你明白我的"失望"，否则你不会用那个词。实际上，我并不失望。准确地说我很"愤怒"。我决不会为了任何行政会议重新安排我任何一个班级的图书馆课，尤其是你那个讨论有效利用学校设施的会议。我不在乎图书馆是不是学校里唯一适合开你那个会的地方，我只知道它是学校里唯一有书籍的地方！最后，"学术指导比行政会议重要"这个说法，不是我的主观意见，而是事实！并且我认为我没有必要向你解释。总而言之，如果我下周的任何课程无法使用学校图书馆,那么请通知学区督导乔伊斯·圣地亚哥准备接受我的辞呈。

IV.

收件人:学区督导,乔伊斯·圣地亚哥

尊敬的乔伊斯·圣地亚哥先生:

35年来,我兢兢业业,全心全意为学生服务。我给他们鼓励、指导、资源、尊重和爱心,使他们成长为有知识、负责任、能为社会创造价值的人。我从不敢草率对待这份责任。这是一份高尚的职业,我对它心怀感恩,充满敬意。所以,我代表我的学生以及他们的父母,感谢您为布莱克斯通博士的会议找到了一个新的地点。

此致

约瑟夫·安杰洛，五年级英语老师，博士，黑带

这三位教育工作者——凯特·米隆兹、杰罗姆·迪斯和约瑟夫·安杰洛——的一个共同点，是他们对学生的关爱和尊重。我不知道他们是否喜欢我，但他们爱我；作为回报，我努力学习。他们让我学到很多我以为自己无力企及的知识。他们让我健康成长。

寻找一千名老师

我在前言中简要提及的"新教师计划"并没有有组织地实施。鼓励一千个人当老师也并非我刻意的决定,它是一个自然而然的过程。(在放弃了收入稳定的教学工作后,我一直在为偿还我的抵押贷款发愁。)人们会写信告诉我,或者在谈话中无意间告诉我,我那些关于教书育人的诗——尤其是《老师有何用》,这是最常被提到的——让他们决定进入这一行。我悄悄算了算,回答说:"真的吗?你是第九个对我说这句话的人。"我不知道自己从什么时候有了这样的念头:以更有条理的方式记录数字。后来,有个记者朋友告诉我,单单记录还不够,我需要制定一个目标并接受失败的可能性。这样才能成为一个好故事!

所以我设定了"鼓励一千个人当老师"的目标,

我给自己6年时间来实现它。我失败了。到2006年，我原本应该完成目标，但经我说服当老师的人，只勉强超过100个。然而，我不想放弃，我喜欢有目标的感觉，它让我有努力的方向。我不是一个普通的诗人，我是一个想要通过改变一个又一个老师来改变世界的诗人。所以我决定废除期限，缓慢而坚定地执行我的计划。如果要花25年，那么就花25年吧。谁在乎这在记者眼里是不是一个好故事！真正的问题是，我仍然没有找到一个系统和有效的方法来跟踪新老师的数目。每说服一个新老师，我都会在我的博客上做记录，但这需要太多的邮件往来（为获得每位老师的相关信息）。这是一个烦琐而艰巨的过程。

一个名叫豪尔赫·卡斯特内达的计算机编程专业的研究生，和我在Craigslist[1]上找到的两名在线实习生

---

[1] Craigslist是由克雷格·纽马克（Craig Newmark）于1995年在美国加利福尼亚州创立的一个大型免费分类广告网站。

（其中一个我几年后才见到）帮了我的大忙，他们愿意免费帮我录入大量数据。豪尔赫创建了一个在线表格，供新老师填写信息。实习生萨拉和艾恩将已经注册的人转移到新名单上。2007年的某一天，我终于有了一个高效的系统，来管理那些受到《老师有何用》以及我的其他诗歌影响而决定当老师的人。

接着，情况发生了变化。消息传开，越来越多的老师开始登记。它在脸书（Facebook）上风靡，然后是推特（Twitter）。我在YouTube上朗诵《老师有何用》的视频每几个月就会被某个有影响力的人重新发布一次，或者被放到网站首页，点击量巨大。一些州的立法机关会提出新法案，以平衡分配给教师和其他公职人员的预算。人们在抗议时读我的诗，听上去好像战斗口号——它就是战斗口号。人们会想办法找到我，找到我的作品，他们会看到"新教师计划"，如果他们认为自己符合标准，他们会签上自己的名字。但我认为新老师名单越来越长的另一个原因是：我终于准备好了。

　　事情常常就是这样，当一个人准备好走路时，路会自然出现。我再次投入到"新教师计划"中，而且给自己定了一个额外的目标：在我成功说服一千人当老师后，我会剪掉头发（我从 2006 年结婚后开始留长发），捐赠给一个名为"Pantene Beautiful Lengths"（潘婷美的长度）的项目，给癌症儿童做假发。我这样做是为了纪念托

尼·斯坦伯格，他是我教过最大度的七年级学生。

托尼·斯坦伯格：勇敢的七年级维京战士

你见过冰棍棒和软木做成的海盗船吗？
棕色的棉线做缆绳，
筷子做成十六只桨，还有一叶红黄相间的帆，
做帆的材料，是弟弟的连体衣上裁下的布。
我见过。

他死的时候握着剑，所以直奔天堂。

维京人将最勇敢的战士埋葬在船上。
任他们漂流，或者火葬，像一个燃烧的浮岛，
勇士的灵魂随着烟雾缓缓上升。

要了解中世纪斯堪的纳维亚人的生活。

你得知道维京船的建造。

这就是我给学生布置的任务:

我要你们建造一艘微型维京船。

你们有一个月的时间。

你们可以使用任何材料,

但是你们必须合作。

像战士一样。

这些是我作为一个历史老师,让学生完成的项目。

再比如希腊盾。

比如棉花糖石弩。

比如巧克力蛋糕中世纪城堡

(那真是惨不忍睹)。

还有埃及金字塔项目。

你是否见过一个四口之家

晚餐后站在小桌旁边，

每人拿着一个三角面

组成一个微型纸板埃及金字塔，直到胶水干透？

我也没见过，但斯坦伯格太太说，花了90分钟，

连弟弟都在一旁说：

这个金字塔蠢极了，托尼！

如果明年马里先生教我，

我会设计一个聪明的金字塔，

一个不需要我们在这里站90分钟直到胶水干透的金字塔！

站在桌子另一边的托尼说，

闭嘴！闭嘴，你这个笨蛋！

如果你敢在胶水干之前放手，

我会挖出你的肠子,

折了你的索尼游戏机!

这是光明节以来他们一起度过的最好的家庭时光。

他握着剑死了,直奔天堂。

马里先生,如果这是真的,

如果你死的时候手里握着剑,

你会直接去瓦尔哈拉[1],

如果你是一个老维京人

你年事已高,生命垂危,

你能否把剑放在床边,

当你感觉"我可能不久于人世"的时候,

---

[1] 瓦尔哈拉(Valhalla),是北欧神话主神兼死亡之神奥丁接待英灵的殿堂。

你可以伸手握住它?

如果我是一个维京神,我可能不会理会这样的说法。

但是,如果我是一个即将离世的老维京人,我一定会这样做。你是个天才。

他握着剑死了,直奔天堂。

托尼·斯坦伯格从学校消失了六个星期,我们才知道真相。
12名男孩悄声议论着病的名字,就好像说大声了会被传染一样。
我们被警告过。校长来到班上,说托尼星期五来上学。

他受了很多罪。

他服用的药物使他头发脱落。

所以没人盯着他看，没人指指点点，没人笑。

我总说我喜欢在私立学校教书，

因为在这里，

谈论上帝不违法。

我一定说过很多关于上帝的话。

是的，在历史上，这很简单。

就连埃及金字塔项目

本质上也是一种精神修炼。

但是你要如何一边教数学一边不信神呢？

一个掌管着完美的点和面的神，

被直角和大大小小的天使所环绕。

这样的上帝不会让一个七岁的男孩得癌症；

不会让他的头发因为化疗而脱落。

在星期五的早上,光着脑袋,穿着夹克系着领带,

我不只在说托尼·斯坦伯格,

那天我班上没有一个男孩不是光着脑袋,

另外12个人全部剃光头发。

你有没有见过13个光头的七年级男生,

指着彼此,看着彼此,一起哈哈大笑。

你见过吗?

我见过。

这个画面美极了,

像六个星期后的景象一样让人难忘:

在那个星期六的早上,

12个平头男生,

站在犹太教堂外面,

垂着头，手拉手，

站成一个圆。

中间是一艘微型维京船

燃烧的灰烬。

他们将它点燃，

勇敢的战士的灵魂，

随着烟雾缓缓上升。

跟踪"新教师计划"的进展名单，本质上仍然是一个完全不科学的记录。我很少跟进名单上的人，以确保他们还在教书；我也不会问那些告诉我打算将专业转为教育的人，是不是真的当了老师。如果我拒绝了某个不符合资格的人（通常是因为他们承认自己先决定当老师，才读到了我的诗），我无法阻止他们一周后再次注册，他们只是不再承认之前说过的话。我能说什么呢？我又不是统计学家。

最后我要说的是，"新教师计划"尚未完成。当我在纽约的家中写下这些话时，我离目标还差100多个。到这本书出版的时候，我很可能刚刚达成目标，届时离我定下目标已经12年。在这12年里，我不仅仅在写作和朗诵诗歌，我还在努力实现一个更崇高的目标。到时候，我不但会因为项目的完成长舒一口气，我还会拥有一个清爽利落的发型。同时，我一定会怀念之前追求理想的感觉。所以，为了给未来的自己一些选择，我很高兴地向你们报告，我已经注册域名TenThousandTeachers.com。以防万一。

吝啬不是节俭。而开销，大额开销，可能是真正的节俭的重要组成部分。

——埃德蒙·伯克（1729—1797）
出生于爱尔兰的英国政治家和作家

不会再有"迷惘的一代"

在讨论教育面临的挑战时,总有一些回避不了的问题:一些人会想要放弃某一类孩子,忽视他们,将重心放在那些我们可以给予更多帮助的学生身上。注意,我指的不是个别孩子,而是一个群体。他们很可能会说:"好吧,这批学生被我们搞砸了。年复一年,我们终究没能给他们生活各个方面所需要的知识和能力。现在,既然他们已经处于弱势并且无法弥补,我们何不及时止损,将重心放在下一批孩子身上,努力做到更好?"

当然,在某种程度上,许多州已经在这样做了。例如,由于服刑人员的文盲率如此之高,亚利桑那州在很多年前就已经开始使用三年级的阅读测试分数来预测该州未来的监狱需求。这种做法听上去很荒唐,然而准确率却非常高：如果你无法通过三年级的阅读测试，你很有可能进监狱。但统计数据忽视了一个丑陋的现实：在所有州，监禁一个成年人一年的花费至少是教育一个孩子的两倍。亚利桑那州的做法，无异于对那些到三年级结束时还没掌握阅读技能的孩子说："我们知道你今后要进监狱，而且我们正在投入大量资源，用于监禁未来的你，而不是用来教育现在的你。"这难道不是放弃一个孩子吗？这难道不是放弃一整批孩子吗？

在个人层面，面对那些有名字、有故事、饿着肚子、穿着和前一天同样衣服的孩子，你根本无法确定哪一些不再值得你投入时间。无论统计数据告诉你什么。那些坚守信念、不懈努力的老师知道这一点。无论一个孩子落后了多远，无论你认为他未来的选择多么有限，你都不能放弃。这就是老师的使命：让每个学生比年初踏进教室时，更有信心和能力面对未来。这是老师最基本的作用。

老师如何成就学生

艺术家和诗人是人类最原始的神经末梢。单靠他们无法拯救人类。但没有他们，也就没有什么值得拯救了。

——绿河公墓（Green River Cemetery）的墓志铭
　纽约长岛

后 记

不管《老师有何用》这首诗有怎样的贡献——无论是鼓励年轻有为的大学毕业生当老师,还是简单地提醒老教师们选择这个高贵职业的初衷,我知道,这都只是沧海一粟。

美国教师所面临的挑战远不是诗歌所能解决的,因为就算是年幼的孩子,对他们的教育也是高赌注的。公立学校制度所固有的不平等,使学校在脱离种族隔离的同时,却扩大了不同社会经济背景的学生之间的成绩差距。美国教育的改善会非常缓慢,极具争议,并且代价昂贵。俗话说,如果你想提醒自己你的优先事项,那么看看你的支票簿,看看你把钱花在了哪里。

我们生活在一个过分注重国家安全的时代,我们押上后代的未来（监禁他们），只为确保我们现在的安全。这不仅说得通，而且似乎是我们唯一可行的选择。专家们说没有别的办法。更重要的是，他们会说我们花的钱还不够多，但这似乎是真的。从来如此。无论你选择什么道路，你都会很快发现那是唯一走得通的道路，唯一可负担的道路。它会需要越来越多的资源，并且随着时间的推移，越来越显得是你唯一的选择。如果有人提出不同的建议，那个人立即会被贴上"天真"的标签。我就是那个人。如果把数万亿美元用于孩子的教育会怎样？我们最终会相信真的没有其他做法了吗？其他办法都不可行吗？我们是否会意识到需要花更多的时间来改善后代的生活质量？我们是否认为孩子们是地球上最宝贵的资源？他们真的是啊！

致 谢

我要诚挚地感谢那些因为我的诗而决定当老师的人，感谢我的老师、同事、朋友以及和我一样的"江湖诗人"，没有他们，我不可能写成这本书。感谢内尔·曼宁（Nell Manning）、蒂姆·尤斯蒂斯（Tim Eustis）、戴维·史蒂文森（David Stevenson）、比尔·沃特森（Bill Watterson）、杰罗姆·迪斯（Jerome Dees）、凯特·米隆兹（Kate Millonzi）、斯图尔特·莫斯（Stewart Moss）、里克·贝拉米（Rick Bellamy）、拉里·布朗（Larry Brown）、豪尔赫·卡斯塔尼达（Jorge Castaneda）、史蒂夫·克莱门特（Steve Clement）、凯文·迪恩格（Kevin Dearinger）、莎拉·康奈尔（Sarah Connell）、埃尔·塔尔伯特（Airn Talbert）、丹尼尔·费里（Daniel Ferri）、珍妮安·维尔里（Jeanann Verlee），纳比哈·卡齐·哈钦斯（Nabeeha Kazi Hutchins）和克拉克·达格特（Clark Daggett）。感谢世界各地的老师，特别是市区公立学校的老师，比如克莉丝汀·哈奇（Christine Hatch），她仍然在继续我书中所写的使命，她有泪水可以证明。最后，我要感谢我最好的朋友和神圣的"镜子"玛丽·伊丽莎白（Marie-Elizabeth），这位老师对我的影响超过任何人！

诗歌注释

诗歌《老师有何用》《就像"无所谓",就像"你知道吗"》《像莉莉,像威尔逊》及《全神贯注》最初发表于 *What Learning Leaves*[1](Hanover,2002),经许可转载。

诗歌《我要为你们争取图书馆》和《托尼·斯坦伯格:勇敢的七年级维京战士》最初发表于 *The Last Time As We Are*[2](Write Bloody,2009),经许可转载。

《为了点燃火光》是为教学频道写的诗歌,尚未发表。

---

[1] 尚无中文译本。
[2] 尚无中文译本。

丹尼尔·费里的诗歌《倒走日》最初发表于 *Poetry Slam: The Competitive Art of Performance Poetry*[1]（Manic D Press，2000），经作者许可转载。

---

[1] 尚无中文译本。

译后记

作者泰勒·马里是一位诗人，因此不难想象，整本书弥漫着温情的诗意。书中没有冰冷的说教和分析，而是充满了一个个鲜活的例子和生动的人物。字里行间尽是作者对学生的关爱，对自己老师的敬爱，以及对教师这份职业的热爱。

全书不乏新鲜的视角，比如老师透过更加冷静的镜片看学生；老师更有可能注意到一名舞蹈天才是否正在被迫成为数学家；老师真正的目标不是造就常春藤联盟的毕业生，而是培养充满好奇、自信、快乐，适应性强，能够迎接未来任何挑战的学习者。再比如，孩子们的学习曲线会呈现像股市的锯齿状波动式攀升，那些最高峰往往是由神奇的巧合和美妙的意外引发的豁然开朗和灵光突现，接下来，由于习惯、荷尔蒙和恐惧，这些少年可能又重新变得昏昏欲睡。

最让我感动的是作者为一名因癌症去世的学生写的诗——《托尼·斯坦伯格：勇敢的七年级维京战士》。真正的好老师从心底里爱学生，为学生的进步而欣喜，为学生的疾苦而哀伤。泰勒·马里就是这样的老师。

在本书最后，作者表达了对美国当前教育制度的不满，并表达了期望。他的见解对全世界的教育都有借鉴意义。

我也是老师，这真是一个美妙的巧合。在从教第七年遇到这本精巧的小书，成为它的译者，我很荣幸，并且获益良多。

感谢主编李占苇给我的指导和帮助！

感谢我的丈夫冯思翔为我完成文稿的预处理工作，以及在整个翻译过程中给我的支持。

刘怡

2017 年 5 月 22 日

于云南昆明

图书在版编目（CIP）数据

老师如何成就学生 ／（美）泰勒·马里著 ；刘怡译．
—— 太原：山西人民出版社，2017.8
ISBN 978－7－203－10085－0

Ⅰ．①老… Ⅱ．①泰… ②刘… Ⅲ．①回忆录－作品集－美国－现代 Ⅳ．① I712.55

中国版本图书馆 CIP 数据核字（2017）第 204690 号

老师如何成就学生

著　　者：	（美）泰勒·马里
译　　者：	刘　怡
责任编辑：	贾　娟
选题策划：	北京汉唐阳光
出 版 者：	山西出版传媒集团·山西人民出版社
地　　址：	太原市建设南路 21 号
邮　　编：	030012
发行营销：	010－62142290
	0351－4922220　4955996　4956039
	0351－4922127（传真）　4956038（邮购）
E－mail：	sxskcb@163.com（发行部）
	sxskcb@163.com（总编室）
网　　址：	www.sxskcb.com
经 销 者：	山西出版传媒集团·山西新华书店集团有限公司
承 印 者：	鸿博昊天科技有限公司
开　　本：	787mm×1092mm　1/32
印　　张：	5.75
字　　数：	57 千字
印　　数：	1－8000 册
版　　次：	2017 年 8 月第 1 版
印　　次：	2017 年 8 月第 1 次印刷
书　　号：	ISBN 978－7－203－10085－0
定　　价：	38.00 元

如有印装质量问题请与本社联系调换

Copyright © 2012 by Talor Mali
All rights reserved. No part of this book may be reproduced, scanned, or distributed in any printed or electronic form without permission. Please do not participate in or encourage piracy of copyrighted materials in violation of the author's rights. Purchase only authorized editions.

This edition published by arrangement with the G.P. Putnam's Sons, an imprint of Penguin Publishing Group, a division of Penguin Random House LLC.